| 略萨作品：精装珍藏版 |

给青年
小说家的信

〔秘鲁〕马里奥·巴尔加斯·略萨——著

赵德明——译

Mario Vargas Llosa

CARTAS A UN JOVEN NOVELISTA

人民文学出版社

PEOPLE'S LITERATURE PUBLISHING HOUSE

著作权合同登记号　图字 01-2019-1250

Mario Vargas Llosa
Cartas a un joven novelista

图书在版编目(CIP)数据

给青年小说家的信/(秘)马里奥·巴尔加斯·略萨著；赵德明译.
—北京：人民文学出版社，2021(2024.4 重印)
(略萨作品：精装珍藏版)
ISBN 978-7-02-015948-2

Ⅰ.①给…　Ⅱ.①马…　②赵…　Ⅲ.①随笔—作品集—秘鲁—现代
Ⅳ.①I778.65

中国版本图书馆 CIP 数据核字(2019)第 297688 号

责任编辑：朱卫净　欧雪勤
装帧设计：汪佳诗

出版发行　人民文学出版社
社　　址　北京市朝内大街 166 号
邮政编码　100705

印　　制　凸版艺彩(东莞)印刷有限公司
经　　销　全国新华书店等

字　　数　65 千字
开　　本　889 毫米×1194 毫米　1/32
印　　张　5
版　　次　2017 年 11 月北京第 1 版
印　　次　2024 年 4 月第 3 次印刷

书　　号　978-7-02-015948-2
定　　价　78.00 元

如有印装质量问题，请与本社图书销售中心调换。电话：010-65233595

目录

一　绦虫寓言

亲爱的朋友：

　　您的信让我激动，因为借助这封信，我又看到了自己十四五岁时的身影，那是在奥德亚将军独裁统治下的灰色的利马，我时而因为怀抱着总有一天要当上作家的梦想而兴奋，时而因为不知道如何迈步、如何开始把我感到的抱负付诸实施而苦闷；我感到我的抱负仿佛一道紧急命令：写出让读者眼花缭乱的故事来，如同那几位让我感到眼花缭乱的作家的作品一样，那几位我刚刚供奉在自己设置的私人神龛里的作家：福克纳、海明威、马尔罗、多斯·帕索斯、加缪、萨特。

　　我脑海里曾经多次闪过给他们中间某一位写信的念头（那时他们还都健在），想请他们指点我如何当上作家。可是我从来没有敢动笔，可能出于胆怯，或者可能出于压抑的悲观情绪——既然我知道他们谁也不肯屈尊回信，那为什么还要去信呢？类似我这样的情绪常常会白白浪费许多青年的抱负，因为他们生活在这样的国家里：对于大多数人来说，文学算不上什么大事，文学在社会生活的边缘处苟延残喘，仿佛地下活动似的。

既然给我写了信，那您就没有体验过这样的压抑情绪。这对于您愿意踏上的冒险之路以及您为此而期盼的许多奇迹，是个良好的开端——尽管您在信中没有提及，但我可以肯定您是寄希望于奇迹的。请允许我斗胆提醒您：对此，不要有过高期望，也不要对成就抱有过多幻想。当然，没有任何理由说您不会取得成就。但是，假若您坚持不断地写作和发表作品，您将很快发现，作家能够获奖、得到公众认可、作品畅销、拥有极高知名度，都有着极其独特的走向，因为有时这些名和利会顽固地躲避那些最应该受之无愧的人，而偏偏纠缠和降临到受之有愧的人身上。这样一来，只要把名利看作对自己抱负的根本性鼓励，那就有可能看到梦想的破灭，因为他可能混淆了文学抱负和极少数作家所获得的华而不实的荣誉与利益。献身文学的抱负和求取名利是不相同的。

文学抱负的基本属性是，有抱负的人如果能够实现自己的抱负，那就是对这一抱负的最高奖励，这样的奖励要超过、远远地超过它作为创作成果所获得的一切名利。关于文学抱负，我有许多不敢肯定的看法，但我敢肯定的观点之一是：作家从内心深处感到写作是他经历和可能经历的最美好事情，因为对作家来说，写作意味着最好的生活方式，作家并不十分在意其作品可能产生的社会、政治和经济后果。

谈及怎样成为作家这个振奋又苦恼的话题，我觉得文学抱负是必要的起点。当然，这是个神秘的题目，它被裹在不确定性和主观性之中。但是，这并不构成用一种理性的方式加以说明的障碍。只要避免虚荣心，只要不带迷信和狂妄的神话色彩就可以进行。浪漫派一度怀抱这样的神话：把作家变成众神的选民，即被一种超自然的先验力量指定的人，以便写出神的话语，而只有借助神气，人类精神才可能得到升华，再经过大写的"美"的感染，人类才有可能得到永生。

今天，再也不会有人这样谈论文学或者艺术抱负了。但是，尽管现在的说法不那么神圣或者辉煌，抱负依然是个相当难以确定的话题，依然是个起因不详的因素；抱负推动一些男女把毕生的精力投入一种活动：一天，突然感到自己被召唤，身不由己地去从事这种活动——比如写故事，根据自身条件，使出浑身解数，终于觉得实现了自我的价值，而丝毫不认为是在浪费生命。

我不相信早在妊娠期上帝就为人的诞生预定了一种命运，我不相信什么偶然性或者乖戾的神意给在母腹中的胎儿身上分配了抱负或者无能、欲望或者无欲。但是，今天我也不相信青年时有一个阶段在法国存在主义唯意志论的影响下——尤其是萨特的影响——曾经相信的东西：抱负是一种选择，是用什么来决定人未来的个人意志的自由运动。虽然我认为文学抱负不是镌刻在未来作家身上基因的预示性东西，虽然我坚信教育和持之以恒的努力可能在某些情况下造就天才，但我最终确信的还是，文学抱负不能仅仅解释为自由选择。我认为，这样的选择是必要的，但那是只有到第二个阶段才发生的事情，而从第一个阶段开始，即从少儿时期起，首先需要主观的安排和培养；后来的理性选择是来加强少儿期的教育，而不是从头到脚制造出一个作家。

如果我的怀疑没错的话（当然，很有可能不对），一个男孩或者女孩过早地在童年或者少年时期展示了一种倾向：能够想象出与生活不同的天地里的人物、情节、故事和世界，这种倾向就是后来可能称之为文学抱负的起点。当然，从这样一个喜欢展开想象的翅膀远离现实世界、远离真实生活的倾向，到开始文学生涯，这中间还有个大多数人不能跨越的深渊。能够跨越这个深渊、通过语言文字来创造世界的人们，即成为作家的人，总是少数，他们把萨特说的一种选择的意志运动补充到那种倾向里去了。时机一旦可能，他们就决定当作家。于是，就这样做了自我选择。他们为了把自己的抱负转移到书面话语上而安排自己的生活，而从前这种抱负仅限于在无法触摸的内心深处虚构别样的生活和世界。这就是您现在体验到的时刻：困难而又激动的处境，因为您必须决定除去凭借想象虚构现实之外，是否还要把这样的虚构化作具体的文字。如果您已经决定这样做，那等于您已经迈出了极其重要的一步，当然，这丝毫不能保证您将来一定能当上作家。但是，只要您坚持下去，只要您按照这个计划安排自己的生活，那就是一种（唯一的）开始成为作家的方式了。

这个会编造人物和故事的早熟才能，即作家抱负的起点，它的起源是什么呢？我想答案是：反抗精神。我坚信：凡是刻苦创作与现实生活不同的生活的人们，就用这种间接的方式表示对这一现实生活的拒绝和批评，表示用这样的拒绝和批评以及自己的想象和希望制造出来的世界替代现实世界的愿望。那些对现状和目前生活心满意足的人们，干吗要把自己的时间和精力投入创作虚构的现实这样虚无缥缈、不切实际的事情中去呢？然而，使用简单写作工具创作别样生活和别样人群的人们，有可能是在种种理由的推动下进行的。这些理由或者是利他主义的，或者是不高尚的，或者是卑劣龌龊的，或者是复杂的，或者是简单的。无论对生活现实提出何种质问，都是无关紧要的，依我之见，这样的质问是跳动在每个写匠心中的。重要的是对现实生活的拒绝和批评应该坚决、彻底和深入，永远保持这样的行动热情——如同堂吉诃德那样挺起长矛冲向风车，即用敏锐和短暂的虚构天地通过幻想的方式来代替这个经过生活体验的具体和客观的世界。

但是，尽管这样的行动是幻想性质的，是通过主观、想象、非历史的方式进行的，可是最终会在现实世界，即有血有肉的人们的生活里，产生长期的精神效果。

关于现实生活的这种怀疑态度，即文学存在的秘密理由——也是文学抱负存在的理由，决定了文学能够给我们提供关于特定时代的唯一的证据。虚构小说描写的生活——尤其是成功之作——绝对不是编造、写作、阅读和欣赏这些作品的人们实实在在的生活，而是虚构的生活，是不得不人为创造的生活，因为在现实中他们不可能过这种虚构的生活，因此就心甘情愿地仅仅以这种间接和主观的方式来体验它，来体验那另类生活：梦想和虚构的生活。虚构是掩盖深刻真理的谎言，虚构是不曾有过的生活，是一个特定时代的人们渴望享有、但不曾享有，因此不得不编造的生活。虚构不是历史的画像，确切地说，是历史的反面，或者说历史的背面；虚构是实际上没有发生的事情，因此，这样的事情才必须由想象和话语来创造，以便安抚实际生活难以满足的雄心，以便填补人们发现自己周围并用幻想充斥其间的空白。

当然，反抗精神是相对的。许多写匠根本就没有意识到这一精神的存在，或许还有可能他们弄明白了自己想象才能的颠覆性质之后，会吃惊和害怕，因为他们在公开场合绝对不认为自己是用炸弹破坏这个世界的秘密恐怖分子。另一方面，说到底，这是一种相当和平的反抗，因为用虚构小说中那触摸不到的生活来反抗实在的生活，又能造成什么伤害呢？对于实在的生活，这类竞争又能意味什么危险呢？粗略地看是没有的。这是一种游戏。不是吗？各种游戏只要不企图越过自己的空间、不牵连到实在的生活，通常是没有危险的。好了，如果现在有人——比如，堂吉诃德或者包法利夫人——坚持要把虚构小说与生活混淆起来，非要生活得像小说里那个模样不可，其结果常常是悲惨的。凡是要这么行动的人，那往往要以可怕的失望作代价。

但是，文学这个游戏也并非无害。由于虚构小说是内心对生活现状不满的结果，因此也就成为抱怨和宣泄不满的根源。因为，凡通过阅读体验到伟大小说中的生活，比如上面刚刚提到的塞万提斯和福楼拜的作品的人，回到现实生活时，面对生活的局限和种种毛病，其感觉会格外敏感，因为他通过作品中的美妙想象已经明白：现实世界——这实在的生活——比起小说家编造的生活不知要庸俗多少。优秀文学鼓励的这种对现实世界的焦虑，在特定的环境里也可能转化为面向政权、制度或者既定信仰的反抗精神。

因此在历史上，西班牙宗教裁判所是不信任虚构小说的，并对它实行严格的书刊审查，甚至在长达三百年的时间里禁止整个美洲殖民地出售小说。其借口是那些胡说八道的故事会分散印第安人对上帝的信仰，对于一个以神权统治的社会来说，这是唯一重要的心事。与宗教裁判所一样，任何企图控制公民生活的政府和政权，都对小说表示了同样的不信任，都对小说采取监视的态度，都使用了限制手段：书刊审查。前者和后者都没有搞错：透过那无害的表面，编造小说是一种享受自由和对那些企图取消小说的人——无论教会还是政府——的反抗方式。这正是一切独裁政权——法西斯、伊斯兰极端主义、非洲和拉丁美洲军事专制政权——企图以书刊审查方式强制文学穿上拘束服（限定在某种范围内）以控制文学。

可是，这样泛泛的思考让我们有些脱离了您的具体情况，我们还是回到具体问题上来吧。您在内心深处已经感觉到了这一文学倾向的存在，并且已经把献身文学置于高于一切的坚定不移的行动之中了。那现在呢？

您把文学爱好当作前途的决定，有可能会变成奴役，不折不扣的奴隶制。为了用一种形象的方式说明这一点，我要告诉您，您的这一决定显然与十九世纪某些贵夫人的做法如出一辙：她们因为害怕腰身变粗，为了恢复美女一样的身材就吞吃一条绦虫。您曾经看到过什么人肠胃里养着这种寄生虫吗？我是看到过的。我敢肯定地对您说：这些夫人都是了不起的女杰，是为美丽而牺牲的烈士。六十年代初，在巴黎，我有一位好朋友，他名叫何塞·马利亚，一个西班牙青年，画家和电影工作者，他就患上了这种病。绦虫一旦钻进他身体的某个器官，就安家落户了：吸收他的营养，同他一道成长，用他的血肉壮大自己，很难、很难把这条绦虫驱逐出境，因为它已经牢牢地建立了殖民地。何塞·马利亚日渐消瘦，尽管他为了这条扎根于他肠胃的小虫子不得不整天吃喝不停（尤其要喝牛奶），因为不这样的话，它就烦得你无法忍受。可何塞吃喝下去的都不是为了满足他自己的快感和食欲，而是让那条绦虫高兴。有一天，我们正在蒙巴拿斯的一家小酒吧里聊天，他说出一席坦率的话让我吃了一惊：

"咱们一道做了许多事情，看电影，看展览，逛书店，几个小时几个小时地谈论政治、图书、影片和共同朋友的情况。你以为我做这些事情的时候是和你一样的吗？因为做这些事情会让你快活，那你可就错了。我做这些事情是为了它，为这条绦虫。我现在的感觉就是：现在我生活中的一切，都不是为我自己，而是为着我肠胃里的这个生物，我只不过是它的一个奴隶而已。"

从那时起，我总喜欢把作家的地位与何塞·马利亚肠胃里有了绦虫以后的处境相比。文学抱负不是消遣，不是体育，不是茶余饭后玩乐的高雅游戏。它是一种专心致志、具有排他性的献身，是一件压倒一切的大事，是一种自由选择的奴隶制——让它的牺牲者（心甘情愿的牺牲者）变成奴隶。如同我那位在巴黎的朋友一样，文学变成了一项长期的活动，成为某种占据了生存的东西。它除了超出用于写作的时间之外，还渗透到其他所有事情之中，因为文学抱负是以作家的生命为营养的，正如侵入人体的长长的绦虫一样。福楼拜曾经说过："写作是一种生活方式。换句话说，谁把这个美好而耗费精力的才能掌握到手，他就不是为生活而写作，而是为了写作而生活。"

这个把作家的抱负比作绦虫的想法并没有什么新意。通过阅读托马斯·沃尔夫（福克纳的老师，两部巨著《时间与河流》和《天使望故乡》的作者）的作品，我刚刚发现这个想法，他把自己的才能描写成在心中安家落户的蠕虫："于是，那梦想永远地破灭了，那童年时期感人、模糊、甜蜜和忘却的梦想。这蠕虫在这之前就钻进我的心中，它蜷曲在那里，用我的大脑、精神和记忆做食粮。我知道，自己已经被心中的火焰抓住，已经被自己点燃的火吞食，已经被多年来耗费我生命的愤怒与无法满足的欲望铁爪撕得粉碎。一句话，我知道，脑海里或者心中或是记忆中，一个发光的细胞将永远闪耀，日日夜夜地闪耀，闪耀在我生命的每时每刻，无论是清醒还是在梦中；我知道那蠕虫会得到营养，永远光芒四射；我知道无论什么消遣，什么吃喝玩乐，都不能熄灭这个发光的细胞；我知道即使死亡用它那无限的黑暗夺去了我的生命，我也不能摆脱这条蠕虫。"

"我知道终于我还是变成了作家；我也终于知道了一个人如果要过作家的生活，他会发生什么事情。"[1]

我想，只有那种献身文学如同献身宗教一样的人，当他准备把时间、精力、勤奋全部投入文学抱负中去，那时他才有条件真正地成为作家，才有可能写出领悟文学为何物的作品。而另外那个神秘的东西，我们称之为才能、天才的东西，不是以早熟和突发的方式诞生的——至少在小说家中不是，虽然有时在诗人或者音乐家中有这种情况，经典性的例子可以举出兰波和莫扎特——而是要通过漫长的程序、多年的训练和坚持不懈的努力才有可能使之出现。没有早熟的小

---

[1]　见托马斯·沃尔夫《一个美国小说家的自传：小说家的故事》（*The Autobiography of an American Novelist: The Story of a Novelist*）。

说家。任何大作家、任何令人钦佩的小说家，一开始都是练笔的学徒，他们的才能是在恒心加信心的基础上逐渐孕育出来的。那些逐渐培养自己才能的作家的榜样力量，是非常鼓舞人的，对吗？他们的情况当然与兰波不同，后者在少年时期就已经是个天才诗人了。

假如对这个孕育文学天才的话题感兴趣，那么我建议您读读福楼拜的书信集，尤其是一八五〇至一八五四年间他在创作第一部杰作《包法利夫人》时写给情人路易莎·科勒的那些信。我在写自己最初的那几部作品时，阅读这些书信让我受益匪浅。尽管福楼拜是悲观主义者，他的书信中充满了对人性的辱骂，但他对文学却有着无限的热爱。因为他把自己的抱负表现为参加远征，怀着狂热的信念日日夜夜投身其中，对自己苛求到难以形容的程度。结果，他终于冲破自身的局限性（在他早期的文字中，由于受流行的浪漫主义模式的影响而咬文嚼字、亦步亦趋，这十分明显）并且写出了像《包法利夫人》和《情感教育》这样的长篇小说，可以说这是最早的两部现代小说。

另一部与这封信的话题有关的作品，我冒昧地推荐给您，就是美国一位非常特别的作家威廉·巴勒斯①写的《吸毒者》。巴勒斯作为小说家，我丝毫不感兴趣。他那些实验性、心理迷恋性的故事，总是让我特别厌烦，甚至让我觉得不能

---

① 威廉·巴勒斯（William S. Burroughs，1914—1997），美国实验小说家，著有《吸毒者》（*Junkie*）和《赤裸的午餐》（*Naked Lunch*）等作品。

卒读。但是，他写的第一部作品《吸毒者》是有事实根据的，有自传性质，那里面讲述了他如何变成吸毒者、如何在吸毒成瘾后——自由选择的结果，毫无疑问是某种爱好所致——变成了一个幸福的奴隶、快乐的瘾君子。我认为描写得准确无误，是他文学抱负发挥的结果，也写出了这一抱负在作家和作家任务之间的从属关系以及作家在写作中吸收营养的方式。

但是，我的朋友，对于书信体文字来说，我这封信已经超过了合适的长度，而书信体文字的主要优点恰恰应该是短小，因此我说声：再见吧。

拥抱您。

二　卡托布勒帕斯①

亲爱的朋友：

近日繁重的工作让我无法及时给您回信。但您信中的内容，自从我看过以后，一直在我脑中盘旋。这不仅是您的热情所致，我也相信文学是人们为抵抗不幸而发明的最佳武器，而且还因为您在信中给我提出的问题，"小说讲述的故事从何而来？""主题是如何在小说家心里产生的？"虽然我已经写过相当数量的小说，这样的问题却依然像我在当写作学徒初期那样让我好奇。

对此，我有一个答案，如果它不算是纯粹的谎言，那也一定带有很强的个人色彩。任何故事的根源都是编造这些故事者的经验，生活过的内容是灌溉虚构之花的源泉。当然，这并不意味着一部长篇小说是作者伪装过的传记；确切地说，在任何虚构的小说中，哪怕是想象最自由的作品里，都有可能钩出一个出发点，一个核心的种子，它们与虚构者的大量生活经验根深蒂固地联系在一起。我可以大胆地坚持说：就这个规矩而言，还没有例外。因此还可以说，在文学领域里，不存在纯粹化学般的发明。我还坚持认为：任何虚构小说都是由想象力和手工艺技术在某些事实、人物和环境的基础上竖立起来的建筑物；这些事实、人物和环境早已在作家的记忆中留下烙印，启发了作家创造性的想象力；自从下种以后，这个创造性的想象力就逐渐竖立起一个世界，它是那样丰富多彩，以至于有时几乎不能（或者完全不能）辨认出在这个世界里还有曾经构成它胚胎的那些自传性材料，而这些材料会以某种形式成为整个虚构小说与真实现实的正反两面的秘密纽带。

在一次青年人举办的讲座上，我曾经试图借用一种顺序颠倒的脱衣舞来解释这个过程。创作长篇小说大概相当于职业舞女面对观众脱去衣裳、展示裸体时做的一切。而小说家是按照相反的顺序做动作的。在创作小说的过程中，作家要渐渐地给开始的裸体、即节目的出发点穿上衣裳，也就是用自己想象力编织的五颜六色和厚重的服饰逐渐遮蔽裸露的身体。这个过程是如此的复杂和细致，以致很多时候连作者本人都无法在完成的作品里识别自己有编造人物和想象世界的能力的充分证明，无法识别出潜伏在记忆中的形象——生活强加的形象——而正是这些形象刺激作家的想象力，鼓舞作家的斗志并且引导他去起草这个故事。

至于主题，我认为小说家是从自身吸取营养的，如同卡托布勒帕斯一样，即那个出现在福楼拜长篇小说（《圣安东的诱惑》）中圣安东面前的神话动物，也就是后来博尔赫斯在《幻想动物学手册》里进行再创造的那个神话动物。卡托布勒帕斯是一个从足部开始吞食自己的可怜动物。从非肉体意义上讲，小说家当然也是在不断地挖掘自己的经验，为编造故事而寻找机会。这不仅是为了根据某些记忆提供的素材对人物、事件和场景进行再创造，而且还因为小说家在自己的记忆库里找到了为成功地完成这个漫长而又困难的过程，即编造小说所需要的毅力的材料。

关于虚构小说的主题，我可以走得再远一点。小说家不选择主题，是他被主题选择。他之所以写某些事情，是因为某些事情出现在他脑海里。在主题的选择过程中，作家的自由是相对的，可能是不存在的。无论如何，如果与文学形式相比，主题的分量要小得多；我觉得面对文学形式，作家的自由——或者说责任——是全方位的。我的感觉是，生活——知道这个词太大——通过某些在作家意识或者潜意识里打下烙印的经验给作家提供主题，因为这些经验总是在逼着作家把它们转变为故事，否则作家就不能摆脱这些经验的骚扰。几乎无需寻找例子就可以看到主题是如何通过生活经验强加到作家身上的，因为无论什么样的证据在这一点上都是吻合的：这个故事、这个人物、这个处境、这个情节，总是在跟踪我，纠缠我，仿佛是来自我个性中最隐秘地方的要求；而为了摆脱这个要求，我不得不把它写出来。当然，谁都会想到第一个这样做的人就是普鲁斯特。他是真正卡托布勒帕斯式的作家。您说是吗？有谁能比这位《追忆似水年华》的缓慢建设者更能从自身吸取营养并且获得最佳结果呢？他如同一位工作非常仔细的考古学家，在自己记忆的角落里翻动不停，对自己生活中的波折、家庭、家乡的风光、朋友、社会关系、可坦白与不可坦白的欲望、快乐和烦恼进行了不朽的艺术加工；与此同时，他还在珍藏、鉴别、埋藏、挖掘、组合、分解、修饰、扭曲从逝去的年华中记忆挽留下来的大量形象的繁重工作中，从人类精神神秘而敏锐的动向里，进行不朽的艺术再创造。传记作家们（例如，佩因特①）可以确定真人真事的详细清单，它隐藏在普鲁斯特小说故事的华丽创作背后，明白无误地启发我们：这个奇妙的文学创作是如何运用作者自己的生活素材而成立的。但是，由评论界发掘出来的这些自传素材清单真正向我们表明的是另外一件事：普鲁斯特的创造力，他运用那个反省的方法探究历史，把自己生存中相当常规的事件改造成华丽的壁毯，令人眼花缭乱地表现了人类的处境，这从意识开放的主观性到在生命历程中对自身的审视，都是可以察觉的。

要我们对另外一个方面进行论证的东西，其重要性丝毫

① 佩因特（George Painter, 1914—2005），英国学者，普鲁斯特的第一个传记作家。

不在前者之下，即既然小说家创作的出发点是生活的经历，那这一经历就不是也不可能是终点。这个终点的位置相当遥远，有时是远望星空般的距离，因为在这个中间过程中——在话语主体和叙述秩序中阐明主题——自传素材要经历一番改造，要同其他回忆或者编造的素材混合在一起，要丰满（有时会消瘦）起来，要经过修改和架构——如果这部长篇小说是真正的创造，直到获得一部虚构小说为独立生存而必须伪装出来的所有自由权为止（凡是没有摆脱作者、仅仅具有传记文献价值的小说，当然是失败的虚构小说）。创造性的劳动就在于：在那个客观的、由话语构成的世界，即一部长篇小说里，要对通过小说家记忆力提供的那些素材进行一番改造。形式就是让虚构凝结在具体作品中的东西，在这个领域里，如果小说创作的想法是真实的（我告诉您，我常常怀疑有人的想法是否真实），小说家就拥有了完全的自由，因此也就会对结果负责。如果您从字里行间读到的内容是：依我之见，一个虚构小说的作者不对自己的主题负责（因为是生活强加的），但在把主题变成文学时他对自己的所作所为负责，因此可以说：在万不得已的情况下，他是唯一对自己成功或者失败负责的人——对自己的平庸或者天才负责，对，这正是我的想法。

为什么在一个作家生活中积累的无数事实里，有些事情会对他那创造性的想象力产生非常丰厚的效果；相反，更大量的事情只是从他的记忆中匆匆而过，而没有变成灵感的激活剂？我确实不知道。我仅仅有少许怀疑。我想，那些让作家想象出的故事的面孔、奇闻逸事、场景、冲突的事情，恰恰就是现实生活、眼下这个世界相对抗的那些事情，按照我在上一封信中的说法，这对抗性的见解可能就是小说家抱负的根源，就是推动男男女女向这个现实世界进行挑战的秘密道理，这些人运用虚构小说要进行代替这个世界的象征性行动。

为说明这一看法可以提到大量的例子，我选择了一个法国十八世纪的二流——但多产甚至有些放纵——的作家：雷蒂夫·德·拉布勒托纳①。我选择他，并不是因为他的才华——他不算才华横溢——而是他针对现实世界的反叛精神是形象和生动的，他表达自己反叛精神的方式是在虚构小说中用他自己不同见解、希望的模式建造的世界来代替现实世界。

在雷蒂夫·德·拉布勒托纳的大量长篇小说中，最著名的是那部多卷本的自传体小说《尼古拉先生》，呈现出十八世纪法国的农村和城市，是一个注意描写细节，认真观察人群、风俗、日常习惯、劳动、节日、偏见、装束、信仰等方面的社会学家，用记录文献的方式写出的。结果他的作品对于研究人员，无论是历史学家还是人类学家、人种学家还是社会学家，都成了真正的宝贝；这些由充满激情的雷蒂夫从

① 雷蒂夫·德·拉布勒托纳（Retif de la Bretonne，1734—1806），法国作家。

他所处的时代矿山上采集起来的宝贝得到了充分利用。但是，当这个大量被描写的社会、历史现实要迁入长篇小说中来的时候，这个现实就经历了一番彻底的改造，而正因为如此才能把它当作虚构小说来谈。的确，在这个话语啰唆的世界里有许多事情酷似给他以灵感的真实世界，男人喜欢女人不是因为她们娇艳的容貌、纤细的腰肢、苗条的身材、文雅的气质和美妙的神韵，而最根本的在于双脚是否美丽，或者鞋袜是否考究。雷蒂夫是个恋足癖，这个毛病在实际生活中把他变成一个具有离心倾向的人，确切地说是脱离了同代人的共性，变成了一个例外，就是说在内心深处对现实是"持不同政见者"。这个不同政见可能是对他发挥自己才能的最大推动力，在他的小说中处处可见，那里面的生活已经按照雷蒂夫本人的模样——经过修正和改造了。在那个小说世界里如同在现实世界里发生在这个雷蒂夫身上的规矩是：女性美的最基本条件，男性最渴望的快感目标是赏心悦目的脚丫子，再引申些还有裹在脚上的袜子和鞋子。在很少作家身上能如此清楚地看到像这位法国多产作家那样从自己的主观世界——愿望、性欲、梦想、失意、愤怒等等——出发，虚构小说所展开的改造世界的过程。

类似的情况在任何虚构小说家身上都有发生，只是不那么明显和深思熟虑罢了。在小说家的生活里，有某种与雷蒂夫恋足癖相似的东西，它使得小说家强烈渴望有一个与现实生活不同的世界——一位主持正义的利他主义者，一个只知道满足自己最下流的色情虐待或者被虐待欲望的自私自利的家伙，一种富有人性和理性、体验冒险的渴望，一次永不枯竭的爱情——一个感觉自己不得不去用话语编造的世界，在那里一般用密写方式记下他们对现实生活以及另外一种现实的怀疑；而他们不管是自私或者慷慨，早已打算用这后一种现实去代替他们接触的现实了。

朋友，未来的小说家，可能现在应该谈谈一个用在文学上的危险概念了：真实性。什么是一个真正的作家？实际上，虚构从定义上说就是谎言——一种非实在的伪装现实；实际上，任何小说都是伪装成真理的谎言，都是一种创造，它的说服力仅仅取决于小说家有效使用造成艺术错觉的技巧和类似马戏团或者剧场里魔法师的戏法。那么，既然在小说里最真实的东西就是要迷惑别人，要撒谎，要制造海市蜃楼，那在小说中谈真实性还有什么意义？还是有意义的，不过是这种方式：真正的小说家是那种十分温顺地服从生活下达命令的人，他根据主题的选择而写作，回避那些不是从内心源于自己的体验而是带有必要性来到意识中的主题。小说家的真实性或者真诚态度就在于此：接纳来自内心的魔鬼，按照自己的实力为魔鬼服务。

不写内心深处感到鼓舞和要求的东西，而是冷冰冰地以理智的方式选择主题或者情节的小说家，因为他以为用这种方式可以获得最大成功，是名不副实的作家；很可能因为如此，他才是个蹩脚的小说家（哪怕他获得了成功：正如您清楚地知道的那样，畅销书排行榜上印满许多糟糕的小说家的名字）。但是，我觉得如果不是从生存本身出发，不是在把我们这些小说家变成我们虚构作品中对生活从根本上的反抗者和重建者的那些幽灵（魔鬼）的鼓励和滋养下进行写作，我觉得很难成为创作者，或者说对现实的改造者。我认为，如果接受那个外来强加的命令——根据那个让我们着魔、让我们感到刺激、把我们有时候甚至神秘地与我们的生活紧紧地联系在一起的东西写作，可以写得"更好"，更有信心和毅力；如果接受那个外来强加的命令，可以有更多的装备去开始那激动人心但非常艰苦、会产生沮丧和焦虑的工作，即长篇小说创作。

那些躲避自己身上的魔鬼而选择某些主题的作家，由于以为那些魔鬼不够独特或者没有魅力，而这些选中的主题才是独特和有魅力的，实在是大错特错了。一个主题就其本身而言从文学的角度说从来是不分好坏的。任何主题都可能好坏兼而有之，这不取决于主题本身，而是主题通过形式、即文字和叙述结构具体变化为小说时所改变的东西。是具体化的形式使得一个故事变得独特或平庸、深刻或肤浅、复杂或简单，是形式可以让人物变得丰满、性格复杂、似真非真，或者让人物变成死气沉沉的脸谱和艺人手中的木偶。我觉得这是文学领域不多规则的又一条不允许例外的规则：在一部长篇小说中，主题本身没有任何前提条件，因为主题可能是好的，也可能是坏的，可能是吸引人的，也可能是乏味的，这完全要看小说家在把主题按照某种秩序变成有组织的话语现实时的方式了。

朋友，我觉得我们今天可以打住了。

拥抱您。

三　说服力

亲爱的朋友：

　　您说得有道理。我前两封信，由于在文学才能和小说家的主题来源方面的模糊假设，以及那些动物寓言——绦虫和卡托布勒帕斯——的原因，内容过于抽象和犯有令人讨厌的不可证实的毛病。因此，现在应该谈一谈主观性较少、尤其与文学方面联系较多的事情了。

　　那咱们就谈谈长篇小说的形式吧，小说中最具体的东西就是形式，不管它显得多么怪诞，因为通过小说采取的形式，那具体的东西就具有了可感知的真实特点。但是，在起航驶入您和我喜爱并且操练的小说艺术技巧的水域之前，有必要界定一下您自己很明白但许多读者并不清楚的东西：内容和形式（或者主题、风格和叙述顺序）的分离是人为造成的，只有出于讲解和分析的原因才能成立，实际上是绝对不会发生的，因为小说讲述的内容与讲述的方式不可能分开。正是这个方式决定故事是否可信，是否动人或者可笑，是否滑稽或者悲伤。当然，可以说《白鲸》讲述的是一个老海员被一条白鲸迷住的故事：在所有海域里追捕这条鲸鱼；《堂吉诃德》讲述了一个半疯癫的骑士的冒险和不幸，这位骑士企图在拉曼却平原上再现骑士小说中的英雄业绩。可是有哪位读过这两部小说的人能在"主题"的描写中辨认出麦尔维尔和塞万提斯创造的无限丰富和精致的世界呢？当然，为了说明结构是如何使得故事活起来的，是可以把小说的主题与形式分割开来，条件是确保这一分割绝对不能发生，至少在优秀的小说中如此——在坏小说中可以，所以才是坏小说。优秀的小说讲述的内容和方式构成一个不可摧毁的统一体。这些小说之所以优秀，正是因为借助形式所产生的效果，作品被赋予了一种不可抵抗的说服力。

假如在您还没有读过《变形记》之前，有人告诉您那篇小说的主题就是一个可怜的职员变成令人厌恶的甲虫，那您有可能一面打着哈欠一面心想：立刻放弃阅读这类愚蠢的玩艺儿。可是，由于您读过了这个卡夫卡用魔术般的技巧讲述的故事，您就毫不怀疑地"相信"了格里高尔·萨姆沙的意外事件：您认可这个事情，您同他一道痛苦，您感到毁灭那个可怜人物的绝望情绪同样在使您窒息，直到随着萨姆沙的去世、那不幸的冒险搅乱了的生活又恢复正常为止。您之所以相信了萨姆沙的故事，是因为卡夫卡能为讲述这个故事找到一种方式——安排话语和缄默，揭示秘密，讲述细节，组织素材和叙事的时间，一种让读者接受的方式，以便打消读者面对类似叙事过程可能怀有的保留态度。

为了让小说具有说服力，就必须讲出故事来，以便最大限度地利用包含在事件和人物中的生活经验，并且努力给读者传达一个幻想：针对现实世界应该自己当家做主。当小说中发生的一切让我们感觉这是根据小说内部结构的运行而不是外部某个意志的强加命令发生的，我们越是觉得小说更加独立自主了，它的说服力就越大。当一部小说给我们的印象是它已经自给自足、已经从真正的现实里解放出来、自身已经包含存在所需要的一切的时候，那它就已经拥有了最大的说服力。于是，它就能够吸引读者，能够让读者相信讲述的故事了；优秀的小说、伟大的小说似乎不是给我们讲述故事，更确切地说，是用它们具有的说服力让我们体验和分享故事。

您一定知道布莱希特①著名的间离效果理论。他认为，为了使自己准备写出的史诗性和教化性戏剧能够达到目的，必须在表演中运用一种技术——演员的动作、台词甚至舞台设计本身等方面的演出方式，一种渐渐摧毁"幻想"的技术，它提醒观众舞台上表演的那一切不是生活，而是戏剧，是谎言，是表

---

① 布莱希特（Bertolt Brecht，1898—1956），德国剧作家。

演，但应该从中吸取可以指导行动的经验和教训，以便改变生活。我不清楚您对布莱希特是怎么想的。我认为他是一个伟大的作家，虽然他的剧作常常被意识形态的宣传企图弄得令人不快，但还是优秀的，幸亏比他的间离效果理论有说服力。

小说的说服力恰恰追求相反的东西：缩短小说和现实之间的距离，在抹去二者界线的同时，努力让读者体验那些谎言，仿佛那些谎言就是永恒的真理，那些幻想就是对现实最坚实、可靠的描写。这就是伟大小说所犯下的最大的欺骗行为：让我们相信世界就如同作品中讲述的那样，仿佛虚构并非虚构，仿佛虚构不是一个被沉重地破坏后又重建的世界，以便平息小说家那种本能——无论他本人知道与否——的弑神欲望（对现实进行再创造）。只有坏小说才具备布莱希特为了观众上好他企图通过剧作开设的政治哲学课所需要的保持距离的能力。缺乏说服力或者说服力很小的小说，无法让我们相信讲述出来的谎言中的真实；出现在我们面前的谎言还是"谎言"，是造作，是随心所欲但没有生命的编造，它活动起来沉重而又笨拙，仿佛蹩脚艺人手中的木偶，作者牵引的细线暴露在众目睽睽之下，让人们看到了人物的滑稽处境，无论这些人物有什么功绩或者痛苦都很难打动我们，因为是毫无自由的欺骗谎言，是被万能主人（作者）赐予生命而操纵的傀儡，难道它们会有那些功绩和痛苦吗？

当然，一部虚构小说的主权不是一种现实，它还是一种虚构。确切地说，一种虚构掌握着一种形象的方式，因此一说到虚构，我总是非常小心翼翼地谈到一种"主权幻想"、"一个独立存在的印象、从现实世界里解放出来的印象"。某人写长篇小说这个事实，即小说不是自发产生的，都必须是从属的，都有一条与现实世界联系的脐带。但是，不仅仅因为小说有作者才与实在的生活联系在一起，而且还因为在编造和讲述的故事中，如果小说不对读者生活的这个世界发表看法的话，那么读者就会觉得小说是个太遥远的东西，是个很难交流的东西，是个与自身经验格格不入的装置：那小说就会永远没有说服力，永远不会迷惑读者，不会吸引读者，不会说服读者接受书中的道理，使读者体验到讲述的内容，仿佛亲身经历一般。

这就是虚构小说奇特的模糊性：由于小说知道自己受现实性的奴役是不可避免的，因此希望自主；通过大胆的技巧设想出一种充满幻想的独立自主品格，其空想程度如同歌剧的曲调离开了乐器，或者离开了歌喉一样。

当形式有效时，就能创造这些奇迹。尽管像主题和形式的问题从实际操作的角度说是一个不可分开的单位，但形式是由两个同等重要的因素组成的，虽然这两个因素总是缠绕在一起的，出于分析和说明的理由也是可以分离的，它们是：风格和秩序。风格当然是指叙述故事的话语和方式；秩序指的是对小说素材的组织安排，简而言之，就是与整个小说结构的巨大支柱有关系的内容：叙述者、叙述空间和时间。

为了这封信不拉得太长，有些看法我留待下一封信说，例如：风格，讲述虚构故事的话语，决定小说生（或者死）的说服力。

拥抱您。

四　风格

亲爱的朋友：

风格是小说形式中的基本成分，虽然不能说是唯一成分。小说是由话语构成的，因此小说家选择和组织语言的方式就成为书中故事有无说服力的决定因素。那么，小说语言就不能与小说讲述出来的内容、用话语表现出来的主题分离开来了，因为了解小说家在叙事活动中成败如何的唯一办法，就是调查虚构通过文字是否有了生命，小说是否从作者和实在的现实手中解放出来，以及是否作为独立自主的现实而送到读者面前。

这样就要看作品的文字是否有能力，是有创造力，还是死气沉沉。或许我们应该从去掉所谓正确的思想开始，以便紧紧围绕风格特征展开。风格正确与否并不重要，重要的是风格要有效力，要与它的任务相适应，这个任务就是给所讲述的故事注入生命的幻想——真实的幻想。有的小说家写起来标准之至，完全按照他们所处时代盛行的语法和文体规范写作，像塞万提斯、司汤达、狄更斯、加西亚·马尔克斯，可也有另外的作家，也很伟大，他们破坏语法和文体规范，犯下各种各样的语法错误；从学院派的角度说，他们作品的风格中充满了不正确的东西，可是这并没有妨碍他们成为好作家、甚至是优秀的作家，像巴尔扎克、乔伊斯、比约·巴罗哈、塞利纳、科塔萨尔和莱萨玛·利马。阿索林是个杰出的散文大家，然而他却是个非常令人讨厌的小说家，他在关于马德里的作品集中写道："文学家写散文，正规的散文，语言纯正的散文；如果散文缺乏趣味的调料，没有快活的企图、讽刺、傲慢和幽默，那就一钱不值。"① 这是个正确的看法：文体的正确性就自身而言丝毫不构成小说写作的正确或者谬误的前提条件。

那么，小说语言是否有效到底取决于什么？取决于两个特性：内部的凝聚力和必要性。小说讲述的故事可以是不连贯的，但塑造故事的语言必须是连贯的，为的是让前者的不连贯可以成功地伪装成名副其实的样子并且有生命力。一个典型例子就是乔伊斯的《尤利西斯》结尾处莫莉·布卢姆的内心独白，混乱的意识流中充满了回忆、感觉、思考、激

---

① 阿索林《马德里》，页六三，新闻丛书，马德里，一九四一年。

情，其令人着迷的魅力之处在于曲折的不连贯的表面叙事行文，以及在这笨拙无序的外表下面保持的一种严密的连贯性，一种这段内心独白文字丝毫不离开的规章、原则体系或者模式指挥的结构。这是对一个流动意识的准确描写吗？不是。这是一种文学创作，其说服力是如此强大，让我们觉得好像是在复制莫莉的意识漫步，而实际上是在创作。

胡利奥·科塔萨尔晚年自负地说自己"越写越糟"。其意思是说，为了表达他长、短篇小说中渴望的东西，他觉得不能不去寻找越来越不大服从形式规则的表达形式，不能不向语言特征挑战和极力把节奏、准则、词汇、畸变强加到语言头上，为的是他的作品可以用更多的可信性表现他创作中的人物和事件。实际上，正是由于科塔萨尔的写法如此"糟糕"，他写的效果才那么出色。他的行文明白而流畅，巧妙地伪装成口语，非常灵活地搀入和吸收口语中的俏皮话和装腔作势的用词，当然也少不了阿根廷方言，但也有法语语汇；同时，他还编造词语，由于非常聪明和动听，所以在上下文中并不走调，反之，有了这些阿索林要求优秀小说家具备的"调味品"（佐料），就更丰富了表达方式。

一个故事的可信性（说服力）并不仅仅取决于前面所说的风格的连贯性——叙述技巧所起的作用丝毫不差。但是如果没有这一连贯性，那可信性要么不存在，要么变得很小。

一种风格可能让人感到不愉快，但是通过连贯性，这种风格就有了效果。例如，路易-费迪南·塞利纳的情况就是如此。我不知道您觉得如何，但是对于我来说，他那些短小和结巴的句子，遍布的省略号，间杂的叫嚷和黑话，让我的神经无法忍受。尽管如此，我可以毫不犹豫地说《长夜行》，还有《缓期死亡》，虽然后者不那么显豁，它们都是有极强说服力的长篇小说，它们那肮脏下流和古怪离奇的倾诉，让我们着迷，粉碎了我们可能有意反对他而准备的美学和伦理学思想。

类似的情况也发生在阿莱霍·卡彭铁尔身上，毫无疑问，卡彭铁尔是西班牙语世界伟大的小说家之一，可他的散文，如果不考虑那几部长篇小说（我知道二者不能分开，但是为了说清楚我涉及的问题，我还是把它们分开了），与我欣赏的风格截然相反。我一点也不喜欢他的生硬、墨守成规和千篇一律，这时刻让我联想起他是通过仔细地翻检词典来造句的，让我联想起十七世纪的巴洛克作家对古语和技巧的怀古激情。尽管如此，这样的文风在《人间王国》——我反复阅读过三遍的绝对杰作——中讲述蒂·诺埃尔和亨利·克里斯托夫的故事时，却有着一种感染和征服人的力量，它打消了我的保留和反感，让我感到眼花缭乱，毫不怀疑地相信他讲述的一切。阿莱霍·卡彭铁尔这种古板和僵硬的风格怎么会具有如此巨大的魅力呢？这是通过他的作品中紧密的连贯性和传达给我们需要阅读的感觉，即那个让读者感到非用这样的话语、句子和节奏才能叙述那个故事的信念办到的。

如果谈一谈风格的连贯性还不算太困难的话，那么说一说必要性——这对于小说语言具有说服力是必不可少的——就困难得多了。可能描写这一必要性的最佳方法是从其反面入手为好，即给我们讲述故事时失败的风格，因为它使得读者与故事保持了一定距离并且让读者保持清醒的意识，也就是说，读者意识到他在阅读别人的东西，既不体验也不分享书中人物的生活。当读者感觉到小说家在写作故事时不能弥合内容与语言之间的鸿沟时，那这种风格上的失败是很容易被察觉的。一个故事的语言和这个故事的内容之间的分岔或者平分秋色，会消灭说服力。读者之所以不相信讲述的内容，是因为那种风格的笨拙和不当使他意识到：语言和内容之间有一种不可逾越的停顿，有一个空隙；一切矫揉造作和随心所欲都乘虚而入，凌驾于小说之上，而只有成功的虚构才能抹去这些人工的痕迹，让这些痕迹不露出来。

这类风格之所以失败，是因为我们没有感觉到它有存在的必要；恰恰相反，在阅读这类作品时，我们发觉如果用别的方式讲述、用另外的语言道出这些故事，效果可能会好一些（这在文学上说，就是意味着有说服力）。在阅读博尔赫斯的故事、福克纳的长篇小说和伊萨克·迪内森①的闲话时，我们从来没有产生过这种内容和语言分岔的感觉。这几位作家的风格，虽然各不相同，却能够说服我们，因为在他们的风格里，语言、人物和事物构成一个不可分割的统一体，即

---

① 伊萨克·迪内森（Isak Dinesen, 1885—1962），丹麦女作家。

我们丝毫不会想象到可能产生分裂的东西。我说到一部创造性的作品的必要性时，就是指的"内容"和"形式"的完美统一。

这些大作家的语言必要性却相反在他们的追随者身上显示为做作和虚假。博尔赫斯是西班牙语世界最具独创性的散文大师，可能是二十世纪西班牙语世界诞生的最伟大的散文家。他产生了巨大的影响，如果允许的话，我敢说这是不祥的影响。博尔赫斯的风格是不可能混淆的，它具有惊人的功能，有能力赋予他那充满意念、新奇事物、高雅心智和抽象理论的世界以生命和信誉；各种哲学思想体系、各类神学探索、神话、文学象征、思考和推测，以及特别是从文学角度审视的世界历史，构成他编造故事的原料。博尔赫斯的风格与他那不可分割的合金式题材水乳交融、形成一体；读者从阅读他短篇小说的第一行起、从阅读他那具有真正虚构特点的创造才能和自主意识的散文的第一行开始，就感觉到这些内容只能用这种方式讲述，只能用他那睿智、讽刺、数学般准确的——一字不多，一字不少——冷峻高雅、贵族式的狂妄的语言讲述出来，读者还会感觉到他把智力和知识置于激情和感觉之上，他用广博的知识做游戏，显示一种技巧，避开任何形式的多愁善感，漠视肉体和情欲（或者远远地瞥上一眼，好像肉体和情欲是人类生存中最低级的表现），借助精明的讽刺使作品变得有人情味，而讽刺是可以减轻论证复杂性的清风，可以减轻那些思想迷宫或者巴洛克结构的复杂性，而这些巴洛克结构几乎经常是博尔赫斯的故事主题。这一风格的特色与迷人之处尤其表现在修辞的形容词化上，以其大胆、古怪的用词（"没有人看到他踏入那一致的夜晚"），以其强烈和不容置疑的隐喻，即那些除去完善一个想法或者突出一个人物肉体和心理片断之外往往足以创造博尔赫斯气氛的形容词或者副词，来以此震撼读者。而恰恰由于这一必要性，博尔赫斯的风格才是不可模仿的。当博尔赫斯的倾慕者和追随者从他那里借来使用形容词的方法、不礼貌的惊人之语、嘲讽和装腔作势的时候，这些修辞的声音发出种种不和谐的尖叫，如同那粗制滥造的假发不能准确地覆盖头顶、让不幸的脑袋露出一片荒唐一样。由于豪尔赫·路易斯·博尔赫斯是一位惊人的创造大师，因此留给"小博尔赫斯们"的就只有愤怒和烦恼了，在这些模仿者身上因为缺乏行文的需要，尽管他们十分喜爱博尔赫斯身上的独创性、真实性、美和刺激，结果他们自己却变得滑稽可笑、丑陋和虚伪。（真诚或者虚伪在文学领域不是道德问题，而是美学问题。）

　　类似事情也发生在我们西班牙语世界的另外一位文学大师加夫列尔·加西亚·马尔克斯身上。与博尔赫斯的风格不同，他不讲究朴实无华，而是追求丰富多彩；没有智慧化的特色，而是具有感官和快感的特点；他因为语言地道和纯正而属于古典血统，但是并不僵化，也不好用古语，而是更善于吸收民间成语、谚语和使用新词和外来词；他注重丰富的音乐感和思想的明快，拒绝复杂化或者思想上的模棱两可。热情、有味道、充满音乐感、调动全部感觉器官和身体的欲望，这一切都在他的风格中自然而然、毫不矫揉造作地表现出来：他自由地散发出想象的光辉，无拘无束地追求奇特的效果。当我们阅读《百年孤独》或者《霍乱时期的爱情》时，一股强大的说服力压倒了我们：只有用这样的语言、这样的情绪和节奏讲述，里面的故事才能令人可信，才具有真实性，才有魅力，才能令人感动；反之，如果撇开这样的语言，就不能像现在这样让我们着迷，因为这些故事就是讲述这些故事的语言。

实际上，这样的语言就是讲述的故事；因此，当别的作家借用这种风格时，运作的结果是文学变得虚假和滑稽可笑。继博尔赫斯之后，加西亚·马尔克斯成为西班牙语世界受到模仿最多的作家；虽然有些弟子获得成功，就是说拥有众多的读者，但不管他们是多么善于学习，其作品都不如加西亚·马尔克斯那样具有鲜活的生命力，而且那奴婢的特征、牵强的态度，都是显而易见的。文学纯粹是一门技艺，但是优秀的文学能够成功地掩饰这一技艺特点，而平庸的文学往往暴露这一特点。

尽管我觉得有了上述的看法，而且我已经道出了关于风格所知道的一切，鉴于您信中强烈要求我提出实际的建议，那么我就说一点吧：既然没有一个连贯而且必需的风格就不可能成为小说家，可您又很想当作家，那么就探索和寻找您自己的风格吧。多多读书，因为如果不阅读大量优美的文学作品就不可能掌握丰富流畅的语言；在衡量自己力量的同时，虽然这并不容易，请不要模仿您最钦佩并且教会您热爱文学的那些小说家的风格。可以学习他们的其他方面：对文学的投入，刻苦勤奋，某些癖好；如果您觉得他们的信念合乎自己的标准，那就可以接受。但是，请您千万避免机械地复制他们作品中的形象和风格，因为假如您不能创造自己的风格、即最适合您要讲述的内容的风格，那么您的故事就很难具有使故事变得生动起来的说服力。

探索和寻找自己的风格是可能的。请您读一读福克纳的第一和第二部长篇小说吧。您会看到从平庸的《蚊群》到出色的《坟墓里的旗帜》，即《沙多里斯》的初稿，这位美国南方作家逐渐找到了他的风格，找到了那种迷宫般、庄严的、介于宗教、神话和史诗间可以赋予"约克纳帕塔法世系"生命的语言。福楼拜也是从他的《圣安东的诱惑》，一部浪漫抒情、急风暴雨、摧枯拉朽的散文，到《包法利夫人》之间找到了自己的风格；在《包法利夫人》里，从前那种文体上的冲动受到了最严厉的清洗，从前作品中大量抒情和激动的情感受到了无情的镇压，为的是寻找"真实的幻想"。经过五年超乎想象的艰苦劳动之后，果然以无可比拟的方式写出了他第一部传世之作。我不知道您是否知道福楼拜关于风格有一句名言：用词准确。"准确"这个词就是只能用这个词才能完整地表达思想。作家的责任就是要找到这个词。那他怎么知道什么时候找到了这个词呢？耳朵会告诉他：听起来悦耳的时候，用词就是准确的。形式和内容——语言和思想——的完美结合，可以转化为音乐上的和谐。因此，福楼拜常常把写出来的所有句子都经过一番"尖叫"或者"大吼"的考验。他经常走到一条至今尚存于他当年居住在克鲁瓦塞别墅时的椴树林荫道上高声朗诵他的作品，这条路被称为：狂吼的林荫道。他在那里放开喉咙大声地朗读他写出来的东西，让耳朵告诉他用词是否准确，或者应该继续寻找字句，他狂热而顽强地追求艺术的完美，不达目的决不罢休。

鲁文·达里奥①的那句诗，"一种找不到我风格的形式"，您还记得吗？这句话长期以来让我感到困惑，因为风格和形式难道不是一回事吗？既然已经有了一种形式，怎么还能寻找它呢？如今我明白：这是可能的，因为正如我在前一封信中说的那样，文字仅仅是文学形式的一个方面。另外一个方面，是技巧，也非常重要，因为仅有语言还不足以讲出好的故事来。可这封信实在太长了；谨慎的办法是把这个话题留到以后再说吧。

拥抱您。

---

① 鲁文·达里奥（Ruben Dario，1867—1916），尼加拉瓜诗人。

五　叙述者空间

亲爱的朋友：

我很高兴您鼓励我谈谈长篇小说的结构，即那个手工艺问题：作为一个和谐又充满活力的整体，这个手工艺支撑着让我们眼花缭乱的虚构故事，其说服力又是如此巨大，以致我们觉得这些故事是独立自主、自然发生、自给自足的产物。但是，我们已经知道它们仅仅是表面如此而已。实际可不是这样，它们已经成功地通过文字和编造故事的娴熟技巧形成了魔术，并把那种幻觉传染到我们身上。前面我们已经谈过了叙事风格。现在应该考虑一下与组织构成长篇小说素材、小说家为赋予编造的内容以感染力所使用的技巧的有关问题了。

准备写故事的人应该面对的种种问题或者挑战，按照顺序可以分为四大类：

一、叙述者

二、空间

三、时间

四、现实的水平

也就是说，这涉及讲述故事的人，涉及出现在整个小说中紧密联系在一起的三个视角。一部虚构的小说能否令人震惊、感动、兴奋或者讨厌，如同取决于风格是否有效一样，也取决于对这三个角度的选择和把握。

我想今天我们先谈谈叙述者吧。叙述者是任何长篇小说（毫无例外）中最重要的人物，在某种程度上，其他人物的存在都要取决于他。但是，首先应该消除一种误解：经常有人把讲述故事的叙述者与写作故事的人混为一谈。这是个极大的错误，甚至有许多小说家犯有此病，他们因为决定用第一人称来讲述故事并且由于明显使用了自传作为题材，便认为自己是虚构小说的叙述者。这是错误的。叙述者是用话语制作出来的实体，而不是像作者那样通常是个有血有肉的活人；叙述者是为讲述的长篇小说的运转而存在的，在他讲述故事的同时（虚构的界限就是他存在的天地），小说作者的生活更为丰富多彩，他先于小说的写作而存在，并于小说完成后继续存在；甚至在作者写小说时，也不会把自己的生活完全吸收进去。

叙述者永远是个编造出来的人物，是个虚构出来的角色，与叙述者"讲述"出来的其他人物是一样的，但他比其他人物重要，因为其他人物能否让我们接受他们的道理、让我们觉得他们是玩偶或者滑稽角色就取决于叙述者的行为方式——或表现或隐藏，或急或慢，或明说或回避，或饶舌或节制，或嬉戏或严肃。叙述者的行为对于一个故事内部的连贯性是具有决定意义的，而连贯性则是故事具有说服力的关键因素。

小说作者应该解决的第一个问题是："谁来讲故事？"这看上去似乎有不计其数的可能性，但就一般情况而言，实际上可以归纳为三种选择：一个由书中人物来充当的叙述者，一个置身于故事之外、无所不知的叙述者，一个不清楚是从故事天地内部还是外部讲述故事的叙述者。前两种是具有古老传统的叙述者，第三种相反，根底极浅，是现代小说的一种产物。

为查明作者的选择，只要验证一下故事是用语法的哪一个人称叙述的即可：是他，是我，还是你。叙述者说话的语法人称表明了他在叙事空间中的位置。如果他用我来叙述（用我们的情况很少，但也不是不可能，想想圣埃克絮佩里的《要塞》，或者斯坦贝克的《愤怒的葡萄》中的许多章节），那么他就是在空间之内，不断地与故事中的人物交往。假如他用第三人称他来叙述，那他就在叙事空间之外，如同在许多古典小说中发生的那样，他是个无所不知的叙述者，他模仿万能的上帝，可以看到万物的一切，即叙事天地中无限大和无限小的一切，但他并不属于这个叙事世界，而是从外部向我们展示这个世界，自寰宇鸟瞰人间。

用第二人称你讲故事的叙述者处于空间的哪一个部分？比如，米歇尔·布托①的《时间的运用》、卡洛斯·富恩特斯②的《清风》、胡安·戈伊迪索罗③的《无地的胡安》、米盖尔·德里维斯④的《与马里奥在一起的五个小时》以及曼努埃尔·瓦斯盖斯·蒙塔尔万⑤的《卡林德斯》。这没有办法事先知道，只能根据第二人称所处的位置。但是，这个你也有可能是一个无所不知的叙述者，置身于叙事世界之外，发号施令，指挥故事的展开，于是事情就会按照他那专制的意志和上帝才享有的无限权力发生。但也有可能出现这样的情形：这个叙述者是一种分裂出来的意识。他以你为借口，自言自语，是个有些精神分裂的人物——叙述者，虽然已经卷入情节，却通过精神分裂症的样子装作与读者保持一致（有时是与他自己保持一致）。在用第二人称讲述故事的长篇小说里，没有办法准确地知道谁是叙述者，只有通过小说内部的说明才能推测出来。

我们把任何小说中存在的叙述者占据的空间与叙事空间

① 米歇尔·布托（Michel Butor，1926—2016），法国小说家、批评家。
② 卡洛斯·富恩特斯（Carlos Fuentes，1928—2012），墨西哥小说家。
③ 胡安·戈伊迪索罗（Juan Goytisolo，1931—2017），西班牙小说家。
④ 米盖尔·德里维斯（Miguel Delibes，1920—2010），西班牙小说家。
⑤ 曼努埃尔·瓦斯盖斯·蒙塔尔万（Manuel Vázquez Montalbán，1939—2003），西班牙小说家。

之间的关系称作空间视角，我们假设它是叙述者根据语法人称确定的，那么有以下三种可能性：

一、人物兼叙述者，用第一人称讲述故事，叙述者空间和叙事空间混淆在一个视角里。

二、无所不知的叙述者，用第三人称讲述故事，占据的空间区别并独立于故事发生的空间。

三、含糊不清的叙述者，隐藏在语法第二人称的背后，你可能是无所不知和高高在上的叙述者的声音，他从叙事空间之外神气地命令小说事件的发生；或者他是人物兼叙述者的声音，卷入情节中，由于胆怯、狡诈、精神分裂或者纯粹随心所欲，在对读者说话的同时，大发神经，自言自语。

我猜想，经过上述这番简化之后，您会觉得空间视角是非常清楚的，是只要匆匆扫过小说的前几行之后就可以确定的东西。如果我们就停留在这样抽象的泛论之中的话，事情的确如此；但是当我们接触具体问题、个别情况时，我们会发现：在那个简化的框架之中，还存放着各种各样的变化，这样就使得每个作家选择好一个讲述自己故事的空间视角之后，可以拥有一片发明、创造、改革、调整的广阔天地，即发挥独创与自由的空白。

您还记得《堂吉诃德》的开头吗？可以肯定您是记得的，因为它是我们脑海中最值得记忆的小说开头之一："在拉曼却地区的某个村镇，地名我就不想提了……"按照上面的分类，毫无疑问，小说的叙述者定位在第一人称，是从我说起的，因此这是个人物兼叙述者，其空间就在故事本身。但是，我们很快就发现这个叙述者虽然不时地像在第一句话里那样插话并且用我来说话，可他根本不是人物兼叙述者，而是一个可与上帝匹敌的典型的无所不知的叙述者，因为他从一个包罗万象的外部视角给我们讲述故事，仿佛是从外界、从他的角度在说话。实际上，他是用他来叙事，只有少数场合例外，比如开头那样，他变成了第一人称，用一种爱出风头、分散人们注意力的我的神情站在读者面前讲话（因为他在一个他并不参与其间的故事里突然出现，是个免费的节目，是故意分散读者对故事所发生事件的注意力）。这种空间视角的变化或者跳跃——从我跳到他，从一个无所不知的叙述者跳到人物兼叙述者身上，或者向相反方向的跳跃——改变着视角，改变着叙事内容的距离，这可以有道理，也可以没有道理。如果没有道理，如果通过这些空间视角的变化，我们只是看了一场叙述者无所不知的廉价炫耀，那么这造成的不连贯性就可能破坏幻觉，从而削弱故事的说服力。

但是，这会让我们产生叙述者享受着变化无常的命运的想法，还会让我们想到：叙述者有可能经受种种变化，不断地通过语法人称的跳跃改变着展开叙事内容的视角。

现在我们来看一些这类变化无常的有趣事例，一些叙述者改变或者调整空间视角的例证。您肯定会记得《白鲸》的开头，这是世界小说中又一个令人震动的开头："叫我以实玛利好了。"（就假设我叫以实玛利好了。）真是非同寻常的开头，对吗？麦尔维尔就用了三个英语单词①成功地在我们心中留下了一份关于这个神秘的人物兼叙述者的强烈好奇，他的身份隐藏不露，甚至是否真的叫以实玛利都不能肯定。这个空间视角当然是确定无疑的。以实玛利用第一人称讲话，他是故事中的又一个人物，虽然不是最重要的——狂热而自以为才能过人的船长亚哈才是最重要的人物，或许他的敌人，那条时而神秘隐藏、时而出现，让他着迷地四处追捕的白鲸才是最重要的人物——但是，以实玛利却是一个见证，是故事中大部分冒险活动的参加者（他没有参与的活动，也都是亲耳听到的，然后再转述给读者听）。作者在展开整个故事的过程中，是严格遵守这个空间视角规定的，直到最后的情节为止。在此之前空间视角的连贯性是始终如一的，因为以实玛利仅仅讲述（也是仅仅知道）他通过自己亲身体验所了解的故事经过，这样的连贯性加强了小说的说服力。但是，到了最后，正如您会记得的那样，那可怕的大灾难发生了：魔鬼般的白鲸消灭了亚哈船长和裴廓德号船上的全体成员。从客观的角度看，按照故事内在连贯性的名义说，合乎逻辑的结论似乎应该是以实玛利也同他那些冒险的伙伴一道葬身海底了。但是，假如这个合乎逻辑的故事发展得到承认的话，那怎么可能还有一个死于故事之中的人物来给我们讲故事听呢？为了避免出现这样的不连贯性和不把《白鲸》变

---

① Call me Ishmael（"叫我以实玛利好了"）。

成一个幻想故事、其叙述者可能从阴间给我们讲故事，麦尔维尔（奇迹般地）让以实玛利死里逃生，此事我们是从故事后面的附言中得知的。这个附言可不是以实玛利本人写的，而是一位身居叙事世界之外的无所不知的叙述者所写的。因为这时在《白鲸》的最后几页里出现了空间变化，出现了一个从人物兼叙述者的视角（其空间是讲述的故事空间）向另一个无所不知的叙述者的跳跃，后者占据了一个比叙事空间更大的不同空间（因为这个无所不知的叙述者从这个更大的空间里去观察和描写前一个叙事空间）。

如果再说一些前面您可能已经看出来的东西，那就有些多余了：叙述者的变化在小说中并不少见。恰恰相反，小说由两个或者两个以上的叙述者讲述出来是很正常的事情（虽然我们不能轻易地分辨出来），叙述者之间如同接力赛一样一个把下一个揭露出来，以便把故事讲下去。

现在我脑海里出现的叙述者这种接力赛——空间变化——的最生动的例子，就是福克纳的长篇小说《我弥留之际》，它讲述了本德仑一家为埋葬老母艾迪·本德仑而走过南方神话般的土地的故事，老人家生前希望在她去世后尸骨能够安葬在出生之地。这趟远行具有《圣经》和史诗般的特征，因为老人的遗体在南方炎炎烈日照射下正在腐烂，可是全家毫无畏惧地继续前进，因为福克纳笔下的人物经常闪烁的狂热信念一直在鼓舞着他们。您还记得小说的内容是怎样讲述出来的吗？或者更确切地说，是由谁讲述出来的吗？是由许多叙述者讲出来的：本德仑一家的每个家人。小说中的故事经过他们每人的意识流淌出来，同时确定了多元的游历视角。这个叙述者无论在什么情况下都是一个人物兼叙述者，因为他参加了情节活动，置身于叙事空间之中。但即使空间视角在这个意义上始终保持不变，这个叙述者的身份也在从一个人物变成另一个人物，甚至在这种情况下，空间视角的变化也仅仅是从一个人物那里跳出来到另外一个人物身上，而并没有脱离叙事空间——不像《白鲸》或者《堂吉诃德》那样。

如果这些变化是有道理可言的，它们就会赋予作品更丰富的内容、更多的灵性和经验，这些变化的结果就会变得让读者看不见，因为读者被故事所唤起的亢奋和好奇俘虏了。反之，假如变化产生不了这样的效果，结果是相反的：这些技术手段暴露无遗，因此会让我们觉得造作和专断，是一些剥夺了故事人物自然和真实的拘束服。但是，无论《白鲸》还是《堂吉诃德》都不属于这种情况。

美妙的《包法利夫人》也不属于这种情况，它是小说中的另外一座丰碑，我们可以看到那里面也有极有趣的空间变化。您还记得开头吗？"我们正上自习，校长进来了，后面跟着一个没有穿制服的新生和一个端着一张大书桌的校工。"叙述者是谁？谁在用这个我们说话？我们一直都不清楚。唯一明白无误的是：这是一个人物兼叙述者，其空间就是叙事内容的空间，是对讲述内容的现场目击者，因为讲述的口气是第一人称的复数。由于是用我们来说话的，就不能排除这是个集体性的人物，可能就是小包法利所属的全班同学。（如果您允许我在福楼拜这个巨人身旁举出一个矮子为例，那么我讲过一个《幼崽们》的故事，用的是一个集体人物兼叙述者的空间视角，这个集体人物就是主人公比丘利达·圭亚尔所住街道的朋友们。）但是，也有可能是指一个学生，他可能出于谨慎、谦虚或者胆怯便使用了我们这个人称。可是接下来，这个视角仅仅保持了几页，其中我们听到有两三次是使用第一人称的，给我们讲述了一个显然是作为见证者的身份目击的故事。但是，有那么难以确定的片刻瞬间——这个诡计中有另外的技术壮举——讲述的声音不再用人物兼叙述者的口气了，而改用一个无所不知的叙述者的声音，他跳到故事之外，置身一个与故事不同的空间，不再用我们说话，而是用语法上的第三人称他来讲话。在这种情况下，变化的是视角：起初，视角是一个人物；后来，换成了一个无所不知、藏而不露的上帝式叙述者，他知道一切，看得到一切，可以讲述一切，但从来不表现自己，也不提自己。这一新视角受到严格遵守，一直坚持到小说的结尾。

福楼拜在一些书信里阐明了一整套小说理论，他坚持主张叙述者应该深藏不露，他认为我们所说的虚构小说的独立主张，取决于读者是否能够忘记他阅读的东西是由别人讲述的，还取决于读者对于眼皮底下先于小说而必须发生的一切是否有印象。为了做到这个无所不知的叙述者可以深藏不露，福楼拜创造和完善了各种技巧，其中第一个就是让叙述者保持中立和冷漠。这个叙述者只限于讲述故事，而不能就故事本身发表意见。议论、阐释和评判都是叙述者对故事的干涉，都是区别于构成小说现实表现的不同姿态（空间和现实），这会破坏小说自主独立的理想，因为这会暴露出它依附某人、某物、游离于故事之外的偶发性和派生性。福楼拜关于叙述者保持"客观性"的理论，是以叙述者深藏不露为代价的，长期以来为现代小说家所遵循（许多人是不知不觉就照办了），因此说福楼拜是现代小说的开创者是并不夸张的，因为他在现代小说和浪漫与古典小说之间画出了一条技术界线。

当然，这并不是说由于浪漫和古典小说中叙述者露面较多，有时过多就让我们觉得有瑕疵、不连贯、缺乏说服力。绝非如此。这仅仅意味着，我们在阅读狄更斯、维克多·雨果、伏尔泰、丹尼尔·笛福和萨克雷①的小说时，必须把自己重新调整为读者，去适应不同于我们已经习惯的现代小说的场面。

这个区别尤其与那个无所不知的叙述者在前者和后者的不同行为方式有很大关系。在现代小说中，这个无所不知的叙述者经常是隐而不露的，或者至少是很谨慎的；而在浪漫小说中，他的形象非常突出，有时在给我们讲述故事的同时就旁若无人，仿佛在作自我介绍，有时甚至利用讲述的内容

①　萨克雷（William Makepeace Thackeray, 1811—1863），英国小说家。

作借口而过分地表现自己。

　　难道在《悲惨世界》这部十九世纪的伟大小说中发生的事情不是如此吗？它是那个小说百年辉煌里叙事文学创作中最雄心勃勃的作品之一，是一个由维克多·雨果在长达近三十年的时间里体验的他所处的时代社会、政治、文化最宝贵经验积累而成的故事（三十年数易其稿）。可以毫不夸张地说，《悲惨世界》是叙述者——无所不知的——自我表现和自我欣赏的惊人表演；从技巧上说，他游离于叙事世界之外，高居一个外部空间，与冉阿让、本沃尼大主教、沙威、马利尤斯、珂赛特以及整个丰富多彩的小说群体的生活演变、相遇和分离的空间完全不同。实际上，这位叙述者出现在故事中的次数多于人物本身；因为，由于他具有一种无节制的狂妄个性，具有一种难以克制的妄自尊大，就在向我们展示故事的同时，不能不时时刻刻地要表现自己；他经常中断故事情节的发展，有时从第三人称跳到第一人称，为的是对发生的事件发表意见，用权威的口气评论哲学、历史、伦理、宗教问题，评判书中的人物；或用不准上诉的判决处以极刑，或对人物的公民意识和崇高精神大加颂扬，甚至捧到天上。（这位上帝式的叙述者此处用这个神圣的称谓最准确不过。）他不仅不停地向我们证明他的存在，证明他对这个叙事世界的从属性质，而且还面对读者展示他的信仰和理论、个人的好恶，根本不加掩饰，毫不谨小慎微，这样有丰富经验、有高超技巧的小说家也让叙述者如此横加干涉，那有可能把作品的说服力彻底摧毁。这类无所不知的叙述者的干涉有可能成为文体评论家所说的"结构破裂",即出现破坏理想、完全打破读者对故事信任的不连贯性和不一致性。但是,并没有发生这样的事情。为什么?因为现代读者很快就适应了这类干涉,觉得这类干涉是叙述体系不可分割的一部分,是虚构小说的一部分,其特性实际上是由两个紧密混合在一起的故事组成的,这两个故事彼此不能分离:一个是人物兼叙述者的故事——以冉阿让在本沃尼大主教家中盗窃烛台为开端,以四十年后这个前苦役犯经过用自己毕生的牺牲和美德而获得了圣徒的称号、手握当年那些烛台进入永生为结束;另一个是叙述者本人的故事,他机智的讲话、感慨、思考、见解、创见、训诫,构成了精神思路,成为叙述内容的思想、哲学、道德背景。

假如我们也模仿一下《悲惨世界》里这位自我欣赏、随心所欲的叙述者,在这里停顿片刻,可否对上述叙述者、空间视角和叙事空间来一番总结呢?我想这个停顿不会无用的,因为如果这一切还没有弄明白,那我很担心下一步针对您的兴趣、意见和问题,我要说的话会不会给您造成困惑、甚至无法理解(一进入关于小说形式的热门话题,您就很难打断我的思路了)。

为了用文字讲述一个故事,任何一个小说家都要编造一个叙述者才行,因为这个叙述者是作者在作品中的全权代表。小说是虚构的,这个叙述者同样也是虚构的,因为他如同作品中的其他要讲述的人物一样，也是用话语编造出来的，他仅仅是为着这部小说才生存的。叙述者这个人物，可以置身于故事之内、之外或者模糊不定的位置，这根据叙述的第一、第三还是第二人称而定。人称的选择可不是没有根据的：这要看叙述者面对叙事内容所占据的空间，将根据对讲述内容的了解和距离而变化。显而易见，一个人物兼叙述者知道（因此也包括描写和讲述）的东西不可能比他经验范围之内的还要多；与此同时，一个无所不知的叙述者则可能了解一切并且无处不在。选择这样或者那样的视角，就意味着选择一些具体规格，叙述者在讲故事的时候是必须遵守的，假如不遵守，那这些规格就会对作品的说服力产生破坏性的后果。与此同时，作品的说服力是否能发挥作用，叙事内容是否让我们感到逼真、感到那优秀小说中巨大谎言中包含着"真实"，在很大程度上取决于是否遵守空间视角的界限。

强调一下小说家在创造自己的叙述者时享有绝对自由，是极为重要的，简单地说，这意味着区分三类可能的叙述者时要考虑他们面对叙事世界所占据的空间，这绝对不意味着空间位置的选择是以牺牲叙述者的特点和个性为代价的。绝对不是。通过前面少数例证，我们看到了这些无所不知的叙述者、包罗万象的上帝、福楼拜或者维克多·雨果小说中的叙述者相互间有多么的不同，那就更不要说人物兼叙述者的情况了，其人物特点可能变化无穷，如同一部虚构小说中的人物一样。

　　我们还看到了或许在一开始我就应该提到的内容，之所以没有谈及是为了阐述明白的缘故，但我可以肯定，您早已经知道这个内容了，因为这封信自然会散发出我所举的这些例子的信息。这个内容就是：一部长篇小说只有一个叙述者的情况是很少见的，几乎是不可能的。通常的情况是：小说总有几个叙述者，他们从不同的角度轮流给我们讲故事，有时从同一个空间视角讲述（从人物兼叙述者的视角，例如《塞莱斯蒂娜》或者《我弥留之际》，这两部作品都有剧本的形式），或者通过变化从一个视角跳到另外一个视角，比如塞万提斯、福楼拜和麦尔维尔的例子。

　　关于长篇小说中叙述者的空间视角和空间变化的问题，我们还能走得稍微远一点。假如我们拿起放大镜冷静注视的话（当然这是一种令人不能容忍、无法接受的阅读长篇小说的方式），就会发现：实际上，叙述者这些空间变化不单单普遍而且在漫长的叙事过程中发生，如同为说明这个话题我所举出的例子那样，而且可以变化得快速且短暂，三言两语中就发生了叙述者细微而难以捕捉的空间移动。

　　比如，在任何不加旁白说明的人物对话中，都有一个空间变化，都改换一个叙述者。如果在一部以佩德罗和马利亚为主人公的长篇小说中，这时故事是由一位无所不知、远离故事之外的叙述者讲述的，突然之间插入这样的对话：

　　"马利亚，我爱你。"

"佩德罗，我也爱你。"

虽然这番爱情的表白非常短暂，故事的叙述者已经从一个无所不知的叙述者（用第三人称他来叙述）转变为一个人物兼叙述者、一个情节的参与者（马利亚和佩德罗）身上去了；随后，在这个人物兼叙述者的空间视角内，有两个人物之间的变化（从佩德罗到马利亚），为的是让故事重新回到那个无所不知的叙述者的空间视角中去。当然，假如这个短暂的对话不省略旁白说明（"马利亚，我爱你。"佩德罗说。"佩德罗，我也爱你。"马利亚回答），上述的变动也就不会发生，因为在这种情况下，故事会一直从无所不知的叙述者的视角讲述下去。

您觉得这些微小、快速得连读者都来不及察觉的变动是无关紧要的小事吗？这可不是小事。实际上，这在形式范围内仍然是重要的，它们是微小的细节，一旦积累起来，就成为一种艺术制作优劣的决定因素了。总之，无可置疑的是，作者为创造叙述者并且赋予叙述者某些特征（移动、掩饰、表现、接近、疏远、在同一空间视角或者在不同空间跳跃中变化各种不同的叙述者）所拥有的无限自由，不是也不可能是随心所欲的，必须根据小说讲述故事的说服力加以证明。视角的变化可能丰富故事内容，使得故事充实起来，变得精细巧妙，神秘模糊，从而赋予故事一种多方面的含义；但也有可能使故事窒息而死或者破坏故事的统一性，假如这些技术性的炫耀、这种情况下的技术性不让生活体会——生活的理想——在故事里生根发芽，那就会变成不连贯性或者破坏故事的可信性，在读者面前暴露了作品纯粹技巧性的一堆廉价和矫揉造作的乱麻。

拥抱您，希望很快再见。

六　时间

亲爱的朋友：

　　我很高兴这些关于小说结构的思考能有助您发现深入到小说内脏的一些线索，如同洞穴学家深入到大山的隐秘处一样。在匆匆看过叙述者与小说空间的性质之后（用讨厌的学术语言，我称之为小说中的空间视角），现在我建议我们来看看时间，这在叙事形式上也是相当重要的方面，一个故事的说服力如何，既取决于空间，也取决于时间的正确处理。

　　此外，关于这个问题，为了弄明白什么是长篇小说和怎样才是长篇小说，有必要肃清一些偏见，虽然它们是老话且有虚假的成分。

　　我指的是人们往往把现实时间（冒着重复的麻烦，我们称之为计时顺序时间，我们这些小说的作者和读者都埋头生活在其中）和我们阅读的小说时间天真地一视同仁，小说时间从本质上说与现实时间完全不同，它如同虚构小说中的叙述者和人物一样，也完全是编造的。与空间视角一样，在我们看到的任何小说中的时间里，作者都倾注了大量的创造力和想象力，虽然在许多情况下他并没有意识到这一点。如同叙述者，如同空间一样，小说中流动的时间也是一种虚构，也是小说家为了把自己的创造从现实世界里解放出来并赋予作品以自主权（表面上的）——我再说一遍，作品的说服力取决于这个自主权——而使用的方式之一。

虽然时间这个话题让许多思想家和作家着迷（其中包括博尔赫斯，他构思出不少关于时间的文章），产生了大量不同的理论，但我想，大家可以至少在这样一个简单的划分上达成一致：有一个按照计时顺序的时间，还有一个心理时间。计时顺序时间是客观存在的，独立于我们的主观感觉之外，是我们根据天体运动和不同星球所占据的不同位置计算出来的，是自我们出生到我们离开世界都在消耗我们生命的时间，它主宰着万物生存的预示性曲线。但是，还有一个心理时间，根据我们的行止能够意识到它的存在，由我们的情绪以种种不同的方式支撑着。当我们高兴、沉浸在强烈和兴奋的感觉时，由于陶醉、愉快和全神贯注而觉得时间过得很快。相反，当我们期待着什么或者我们吃苦的时候，我们个人的环境和处境（孤独、期待、灾难、等待某事的发生或不发生）让我们强烈地意识到时间的流动时，恰恰因为我们希望它加快步伐而觉得它迟滞、落后、不动了，这时每分每秒都变得缓慢和漫长。

我敢肯定地告诉您：小说中的时间是根据心理时间建构的，不是计时顺序时间，而是作者设计的主观时间，这是一条毫无例外的规律（虚构的小说世界里极少规律中的又一条）：小说家（优秀的）的技巧给这个主观时间穿上了客观的外衣，用这种方式使得自己的小说与现实世界保持距离并有所区别（这是任何希望自力更生的虚构小说的义务）。

举个例子或许这个道理就更清楚了。您读过安布罗思·比尔斯①的《枭河桥的事件》吗？美国内战期间，南方一个农场主皮顿·法勒库尔，企图从一座桥上破坏铁路，结果被处以绞刑。故事一开头就是绞索套在这个可怜家伙的脖子上，周围是一排负责行刑的士兵。但是，执行死刑的命令下达以后，绞索的绳子突然断了，犯人落入河中。他奋力向对岸游去，成功地逃脱了士兵从大桥和岸上射出的子弹。无所不知的叙述者从距离皮顿活动的意识近处讲述故事，我们看到皮顿沿着森林逃走，虽然后面有追兵，他却回忆起一件件往事，与此同时，逐渐接近了他居住的家、接近了那个有亲爱的妻子盼望他能回来的地方，到了那里，他才算得救，才能嘲笑追捕他的人。这个故事听起来很折磨人，如同主人公那令人心情紧张的逃亡一样。家就在前方，近在咫尺，逃亡

---

① 安布罗思·比尔斯（Ambrose Bierce，1842—1914），美国小说家。

者迈进门槛，终于看到了妻子的身影。他刚要拥抱妻子，故事开始后一两秒钟就在这个犯人的颈项抽紧的绳子便勒死了他。原来这一切都发生在极短暂的冲动之中，是经过故事延长后转瞬即逝的幻觉，同时创造出的另一种特有的时间，一种由话语组成、区别于现实的时间（故事中的客观情节只用了一秒钟的时间）。从这个例子中不是可以非常明显地看出虚构小说根据心理时间来建造自己的时间的方法吗？

这个主题的另一个变种是博尔赫斯的著名小说《秘密奇迹》，说的是捷克作家、诗人雅罗米尔·拉迪克在被处决的时候，上帝批准他再活一年，让他——内心世界——完成毕生计划写作的诗剧《敌人》。这一年，他在内心深处完成了那部雄心勃勃的作品，同时又是在行刑队长下达的"开火"命令与子弹打在被枪毙者身上的弹痕之间过去的，也就是说仅仅是千分之一秒而已，极少的一点时间。任何虚构小说（特别是优秀作品）都有它们自己的时间，都有一个专用的时间体系、区别于读者生活的现实时间。

为了确定小说时间的独特属性，第一个步骤，类似空间那样，是调查在这部具体的小说中的时间视角，千万不要与空间视角混淆在一起，虽然二者在实践中是紧密相连的。

由于无法摆脱定义的束缚（可以肯定您像我一样讨厌这些定义，因为您会觉得面对文学难以预言的世界这些定义是无效的），我们就大胆提出这样一个定义来：时间视角是存在于任何小说中叙述者时间和叙述内容的关系。如同空间视角一样，小说家可以选择的可能性只有三个（虽然三种情况中的变化是很多的）；这三个可能性由话语时间决定，叙述者根据话语时间讲述故事：

一、叙述者时间与叙述内容时间可以吻合，成为一个时间。在这种情况下，叙述者用语法上的现在时讲述故事；

二、叙述者可以用过去时讲述现在或者将来发生的事情；

三、最后，叙述者可以站在现在或者将来讲述刚刚发生（间接或者直接）的事情。

尽管这些抽象的划分显得有些复杂，但实际上是相当清楚的，是立刻可以领悟的，只要我们注意观察叙述者为着讲故事是处于怎样的动词时态中即可。

我们举个例子，不是长篇小说，而是一个短篇，恐怕是世界上最短的短篇（也是最佳作品之一）。危地马拉作家奥古斯托·蒙德罗索①的《恐龙》，整个小说只有一句话：

"当他醒来时，恐龙仍然在那里。"（Cuando despertó, el dinosaurio todavía estaba allí.）

这是个完美的故事，对不对？具有无法中止的说服力，简洁、有轰动效果、有色彩、有魅力、干净。如果我们克制住对这个小小珍品极其丰富的其他方面的阅读欲望，集中精力注意它的时间视角，那么叙述的内容处于什么动词时态呢？是简单过去时："他醒来。"（despertó）而叙述者位于将

---

① 奥古斯托·蒙德罗索（Augusto Monterroso, 1921—2003），危地马拉作家。

来，为了讲述一件发生的事情，什么时候发生的事情呢？与叙述者所处的将来相比，是间接过去还是直接过去？是间接过去。与叙述者的时间相对照，我如何知道是间接过去而不是直接过去呢？因为在上面两个时间中，有个不可逾越的鸿沟，有一个时间空隙，有一道关闭的大门，它中止了二者之间的交往和联系。这就是叙述者使用的动词时态的决定性特点：把情节限制在一个被中止的历史（简单过去时）中，把叙述者所处的时间分割出来。《恐龙》的情节发生在与叙述者时间相对间接过去的时间里；也就是说，时间视角属于第三种情况，其中又有两种变化的可能：

——将来时（叙述者的时间）

——间接过去时（叙述的内容）

如果叙述者为了自己的时间能与一个与将来直接联系的过去保持一致，他本来应该用哪个动词时间呢？是这样一个（奥古斯托·蒙德罗索，请原谅我这样摆弄您的作品）：

"当他刚刚醒来时，恐龙还在那里。"（Cuando ha despertado，el dinosaurio todavía está allí.）

现在完成时（顺便说一句，这是阿索林偏爱的时间，几乎他的全部小说都用这个时间叙述）有这样的优点：可以讲述虽然是发生在过去却一直延长到现在的情节，可以讲述发展缓慢仿佛刚刚发生在我们讲述故事这一瞬间。这个与现时极近、刚刚的过去必不可免地与叙述者联系在一起，同前面那种情况一样（"他醒来"）；叙述者和叙述的内容是如此地靠近，以至于二者几乎要碰撞在一起了，这不同于简单过去时那不可逾越的距离，简单过去时把叙述者的世界、一个与故事发生的过去毫无关系的世界，抛向独立自主的将来。

我觉得通过这个例子我们已经弄明白三种可能的时间视角之一（及其变种）的这样一种关系了：身居将来的叙述者讲述发生在间接过去或者直接过去的情节（属于第三种情况）。

现在，我们仍然用《恐龙》来举例说明第一种情况，即三种中最简单明了的情况：叙述者时间与叙述内容时间吻合一致。这个时间视角要求叙述者用陈述式现在时讲故事：

"现在他醒了，恐龙仍然在那里。"（Despierta y el dinosaurio todavía está allí.）

叙述者和叙述内容分享着同一时间。故事一面发生，叙述者一面给我们讲述。这个关系与前一个关系有很大不同，在前面一个关系里我们看到了两个不同的时间，叙述者身处叙述事实之后的时间里，因此对正在叙述的内容有一个完整、全面的时间观。在第一种情况下，叙述者的认识或者视角是比较狭窄的，仅仅包括正在发生的事情，也就是说，事情一面发生，一面讲述出来。当叙述者时间和叙述内容时间由于使用陈述式现在时而混合在一起的时候（塞缪尔·贝克特和罗伯-格里耶的小说中往往如此），叙述内容与现实的靠近达到最大的程度；如果用简单过去时叙述，这一靠近降到最小程度；如果用现在完成时，靠近仅达到中等程度。

现在来看看第二种情况，当然这是一种最少见、也是最复杂的情况：叙述者身处过去，讲述尚未发生、但即将在直接或者间接的将来发生的事情。这里可以举出这个时间视角可能变化的几个例子来：

一、"你将会醒来，恐龙也将会仍然在那里。"（Despertarás y el dinosaurio todavía estará allí.）

二、"当你醒来时，恐龙也将会仍然在那里。"（Cuando despiertes，el dinosaurio todavía estará allí.）

三、"当你完全醒来时，恐龙也将会仍然在那里。"（Cuando hayas despertado，el dinosaurio todavía estará allí.）

每种情况（还有其他可能性）都有一点细微的差异，确定了叙述者时间和叙述世界时间之中的不同距离，但它们的共同分母是：在所有情况下，叙述者讲述尚未发生的事情，这些事情要等叙述者讲完时才会发生，因此一种本质上的不确定性就落在了这些事情身上。不像叙述者处于现在时或者将来时讲述已经发生的事情，或者一面讲述一面发生的事情那样可以确定事情的发生。身处过去时准备讲述间接或直接未来发生的事情的叙述者，除去给讲述的内容灌输了相对性和不确定性，可以用更大的力量展示自己，在虚构的世界里可以炫耀自己包罗万象的能力，因为通过使用动词的将来时，他讲述的故事就变成了一系列原则、一连串发生故事的命令。当虚构小说是从这个时间视角讲述的时候，叙述者的突出地位是绝对和压倒一切的。因此，一个小说家如果没有意识到这一点的话，那是不能使用这个视角的，也就是说，如果他不愿意通过上面所说的不确定性和叙述者的表现能力去讲述，那么就讲不出来具有说服力的东西。

一旦确认了上述三种可能的时间视角以及每种可能所容纳的变化之后，再确定了调查每种可能的方法、即查询叙述者讲述故事以及故事本身所处的语法时间之后，还必须补充一点：一部虚构的小说中只有一个时间视角的情况是极少见的。惯常的做法是：虽然常常有一个视角占据主要地位，叙述者是通过变动（改变语法时间）在不同的时间视角之内来回移动的，这些变动越是不引人注意、越是悄悄地转交到读者手里，效果就越是明显。这是通过时间体系内的连贯性获得的（遵循某些规则的叙述者时间和叙述内容时间的变动），也是通过变动的必要性获得的，就是说，这些变动不是随心所欲的，不是为了纯粹的炫耀，而是要让人物和故事产生重大的意义——强烈、复杂、紧张、多样、突出。

无需进入技术性、特别是现代小说的技术性，就可以说故事在小说中是围绕着时间和空间运转的，因为小说中的时间是一种可长、可短、可停止不动、可急速飞跑的东西。故事在作品时间中的活动如同在一块土地上一样，它在自己的领地里来来去去，可以大步流星地快进，也可以慢步徜徉，既可以废除大段的计时顺序时间，也可以再恢复逝去的年华，既可以从过去跳向未来，也可以从未来转回过去，其自由程度是我们这些有血有肉的人在现实生活中不允许的。虚构小说中的时间，同叙述者一样，都是一种创造。

我们来看看一些小说时间的独特（应该说明显的独特，因为所有小说的时间结构都是独特的）结构的例子吧。阿莱霍·卡彭铁尔的中篇小说《溯源之旅》的时间顺序，不是从过去向现在发展，再从现在向未来过渡，而是恰恰相反：主人公向故事的开头前进。卡普亚尼亚侯爵堂马尔夏是个处于弥留之际的老人；我们从这一刻看到他向自己的中年、青年、童年，最后是纯粹的感觉、无意识的世界（"感觉和触觉"）发展，因为这个人物还没有出生，还停留在母亲的子宫里，处于胚胎状态。这并不是故事在倒叙；在这个虚构的世界里，时间是倒退的。说到出生前的状态，或许回忆一下另一部著名的长篇小说的例子更好：劳伦斯·斯特恩的《项狄传》，开头的十几页讲述了人物兼叙述者出生前的传记，他用讽刺性的细节，描写他在母腹受孕、发育，以及来到世界的复杂过程。故事发展的曲折、回旋、来来去去的反复，使得《项狄传》的时间结构变成了极为引人注目和奇特的创造。

虚构小说中不止有一个时间体系，两三个或者更多体系同时存在的情况也是经常有的。例如，君特·格拉斯的著名长篇小说《铁皮鼓》，正常情况下，时间的进行对众人是一样的，只有主人公、赫赫有名的奥斯卡·马策拉特（铁皮鼓和敲击玻璃的声音）可以决定不让时间发展、中断计时顺序、废除时间的有效性并且获得成功，因为他一吹响喇叭，就不再发育，生活在一种不朽的状态，而他身边的世界由于受到农神安排的预示性的消耗，正在衰老、死亡和更新。万物和众人都如此，只有他一个人例外。

废除时间及其可能产生的后果（根据小说证明，是令人毛骨悚然的）的技巧在小说中是经常使用的。比如，这种技巧在西蒙娜·德·波伏瓦一部不大成功的小说《人总是要死的》中就出现过。胡利奥·科塔萨尔通过印度一个马拉巴尔族的技师，让自己最有名的小说废除了生命不得不接受的无情的死亡规律。按照作者建议的《导读表》去阅读《跳房子》的读者，永远不会读完这部作品，因为到结尾时最后两节不和谐地互相重复，从理论（当然不是实际）上说，顺从、听话的读者一旦误入没有任何逃走希望的时间迷宫里，就一定会没完没了地读下去直到生命的最后一天。

博尔赫斯经常喜欢引证赫·乔·威尔斯①（像博尔赫斯一样对时间问题着迷的作家）《时间机器》中的故事，里面讲一个科学家去未来世界旅行，回来时带了一朵玫瑰，作为他冒险的纪念。这朵违反常规、尚未出生的玫瑰刺激着博尔赫斯的想象力，因为是他幻想对象的范例。

另外一个类似的时间例子是阿道夫·比奥伊·卡萨雷斯②的故事（《天空纬线》），里面有个飞行员开着飞机失踪了，后来再度出现，讲述了一次谁也不信的奇特历险：他在

---

① 赫·乔·威尔斯（H. G. Wells, 1866—1946），英国作家。
② 阿道夫·比奥伊·卡萨雷斯（Adolfo Bioy Casares, 1914—1999），阿根廷作家。

一个与起飞时完全不同的时间里着陆了，因为在这个令人难以置信的宇宙里，有若干个不同但是近似的时间同时神秘地存在着，每种时间都有自己的人、物和节奏，而各种时间又互不联系，除非有特殊情况，例如这个飞行员着陆的事件，它让我们发现了有个如同金字塔般的时间宇宙结构，它由层层的时间相接，但是内部又没有来往。

与这样的时间世界相反的形式是被讲述故事强化的时间世界，计时顺序和时间的发生逐渐减弱故事，直到讲述停下为止：这就是乔伊斯的《尤利西斯》，仔细想一想，这部长篇小说仅仅讲述了利奥波德·布卢姆一生中的二十四个小时发生的事情。

这封信写得如此之长，您一定急于打断我的话，因为可能有个看法就在嘴边："可是我发现在您写出的关于时间视角的全部内容里，有不同的东西是混杂在一起的：时间如同题材或故事一样（阿莱霍·卡彭铁尔和比奥伊·卡萨雷斯的例子就是如此）；时间如同形式，如同叙事结构一样，故事就在这个结构里展开（《跳房子》中的永恒时间就是这样）。"这个看法是非常正确的。我唯一辩护的理由（当然是相对的）就是我故意制造了混乱。为什么要这样做？因为我想恰恰是在虚构小说的这个方面、即时间视角方面，可以更清楚地看到长篇小说中"形式"和"内容"是拆不散的，尽管我用了粗暴的方式拆散它们以便查看一下小说是怎样的，它的秘密结构是怎样的。

我再重申一下，在任何小说中，时间都是一种形式方面的创造，因为在小说中，故事发生的形式不可能与现实生活中发生的一模一样或者类似；与此同时，这个虚构故事的发生、即叙述者时间和叙述内容时间的关系，完全取决于使用上述时间视角所讲述的故事。这个道理也可以从反面论证：小说讲述的故事同样取决于这个时间视角。实际上，如果我们离开活动的理论侧面、走到具体作品面前时，二者指的是同一个东西、一个不可分开的东西。我们在具体作品中发现：并不存在一种可以脱离故事的"形式"（无论空间、时间还是现实层面的），这个故事总是通过使用的话语获得形体和生命（或者不要这个形体和生命）。

但是，围绕着时间和小说，我们再深化一步，谈谈先于任何虚构故事存在的东西。在所有虚构小说中，我们都可以识别出这样一些时刻：时间仿佛浓缩了，似乎要用特别逼真的方式显示给读者，企图把读者的注意力完全吸引住；我们还可以识别出这样一些时间段落：与前面相反，强度逐渐减弱，故事的活力逐渐下降，这些故事情节于是距离我们的注意力越来越远，因为它的常规性和可预见性已经无力抓住我们的注意力了，因为传达给我们的纯粹是一些拼凑的议论和闲话，其用处仅仅在于把一些人物和故事联系起来而已，否则他们就会处于隔绝状态。我们可以把这些故事和传递给其他时间的或者死亡的时间称之为火山口（生动的时间，最大限度集中了体验的时间）。尽管如此，如果责备小说家允许作品中存在死亡时间和纯粹用于联系的故事，也是不公道的。为了建立连结性，为了逐渐创造一个小说提供的世界理想、一个沉浸在社会构架中的人们的理想，这些死亡的时间和用来联系的故事也是有用处的。诗歌可能是一种感情强烈的文学种类，它净化到了纯粹的程度，可以没有半句废话。小说不行。小说要扩展开来，要在时间（它本身创造的时间）里展开，要伪装出一个"故事"来，要讲述一个或者几个人物在某个社会环境中的生活轨迹。这就要求小说除了那些火山口、那些充满巨大能量的故事、那些可以让故事前进、跳跃的情节（时而改变性质，时而偏离现时向将来或者过去游离，时而在故事里揭露一些背景或者出乎意料的模糊情况）之外，还必须拥有建立联系、提供情况、必不可少的信息素材。

这些活火山、生动的或者逝去的或者涉及事物的时间，决定了小说时间的形成、即那些文字故事本身具有的计时体系，决定着那个可以简化为三类时间视角的东西。但是，我敢肯定地告诉您：虽然在研究小说性质问题上由于我们在时间方面说了许多而有所进展，但还有很多领域有待触及。今后随着我们谈到小说创作的其他方面，问题会一一显露出来。因为我们还要继续放开这个没完没了的线轴，对吗？

您看，是您打开我的话匣子，现在已经没有办法让我闭嘴了。

向您致以热烈问候，很快再见。

七　现实层面

亲爱的朋友：

　　非常感谢您的迅速回信和希望：继续探索小说结构。我也很高兴地知道，您对小说中的时间、空间视角没有不同的看法和反对意见。

　　可我现在担心，今天我们要研究的视角虽然与时间、空间视角同样重要，但要让您认可它并不容易。因为现在我们进入的这个领域要比时间和空间更令人捉摸不定。不过，我们不要在门槛外面浪费时间了。

　　为了从比较容易的地方入手，需要一个泛泛的定义，就是说现实层面视角的定义，是指叙述者为讲述小说故事所处的现实层面与叙事内容的层面的关系。在这一情况下，如同时间和空间一样，叙述者层面与叙述内容层面可以吻合，也可以不同，二者的关系将决定着各类不同的虚构小说。

我猜到了您的第一个异议。"如果说在空间问题上容易确定空间视角只有三种可能性——叙述内容中的叙述者、叙述内容外的叙述者、位置不确定的叙述者，同样在时间问题上也比较容易，因为有个计时顺序时间的常规框架：现在、过去和将来——那么关于现实问题，我们是不是要面对一个不可包括的无限呢？"是的，一定如此。从理论的角度说，现实可以一分再分，分成数量巨大的层面；为此，也就可以在小说现实中产生无限多的视角。但是，亲爱的朋友，不必被这个令人眼花缭乱的假设吓倒。幸运的是，我们从理论转向实际的时候（这里就有两个完全不同的现实层面），发现实际上虚构作品的活动只是在有限的现实层面进行；因此，无需用完全部的层面，我们就可以辨认出这一现实层面视角（我也不喜欢这个说法，可是至今还没有找到更好的）中最常见的情况。

可能最明显具有自主权和可能发生对抗的层面，就是"现实"世界和"想象"世界这两个层面。（我用引号为的是强调这两个概念的相对性，因为如果没有这两个概念，我们之间就不可能互相理解，甚至无法使用语言。）我敢肯定，虽然您并不喜欢（我也不喜欢），可是您会赞成我们把一切根据我们对世界的体验而可以辨别和证实的人、物和事件称做"现实的"或者"现实主义的"；反之，把不可辨别和证实的一切称做"想象"的。这样，"想象"的概念就包含大量不同的级别：魔幻的、神奇的、传说的、神话的，等等。

如果暂时同意这一做法，那么我认为：小说的叙述者和叙述内容之间可能产生的矛盾或者一致的层面关系之一就是这个。为了看得更清楚些，我们举出具体的例子，仍然以奥古斯托·蒙德罗索的一秒钟小说《恐龙》为例：

"当他醒来时，恐龙仍然在那里。"（Cuando despertó, el dinosaurio todavía estaba allí.）

在这个故事里，现实层面的视角是哪一个？可能您会同意我这样的看法：叙述内容是处于一个想象层面的，因为在您和我通过经验了解的现实世界里，出现在我们梦中——包括噩梦——的史前动物群，不可能转到客观现实中来，不可能在我们睁开眼睛时发现它们活生生地蹲在我们的床前。因此，显而易见的是，叙述内容的现实层面是想象臆造出来的。给我们讲述故事的叙述者（无所不知，没有人称的）所处的层面也就是这个层面吗？我可以肯定地说不是，这个叙述者是处在一个现实层面，即与叙述内容的层面在本质上是对立和矛盾的层面。我是怎样知道的？是通过一个传递给读者的小小却明白无误的指示、或者说一道口令，这是有节制的叙述者在讲述这个浓缩的故事发生时发出的：仍然这个副词。这个词包含的不仅仅是一个客观的时间情节，指明奇迹发生的时间（恐龙从梦中的非现实向客观现实转化），而且还是一个引起注意的呼唤、一个面对不寻常事件的惊讶表示。这个仍然给周围带来了一些看不见的惊叹符号，它含蓄地催促我们对这个奇迹表示惊讶。（"你们大家瞧瞧这件怪事吧：恐龙仍然在那里呐！"可是显然它本来不应该在那里，因为现实中不会发生这类事情，这只有在想象的现实中才有可能发生。）就这样，叙述者从一个客观现实中讲述故事；不如此就不能聪明地使用一个语义双关的副词来引导我们弄明白恐龙如何从梦中过渡到生活、从想象过渡到真实。

这就是《恐龙》的现实层面视角：身处现实世界的一位叙述者讲述一桩想象的事件。您记得类似这个视角的其他例子吗？比如，在亨利·詹姆斯①《螺丝在拧紧》这部中篇小说里发生了什么事情？一座充当故事舞台的可怕的农宅里，住着一些鬼怪，它们经常出现在可怜的孩子们（书中人物）和女管家面前，他们目击的事实——由另外一个人物兼叙述者传达给我们——是全部事件的支柱。这样，毋庸置疑，叙述的内容——故事情节——在詹姆斯的作品中处于想象层面。叙述者处于什么层面呢？事情开始有点复杂了：由于亨利·詹姆斯是个掌握着丰富手段的魔术师，善于摆弄各种视角，因此通过这些手段，他笔下的故事总是有个朦胧的光环，让人们做种种不同的解释。我们应该记得：这个故事里，不是一个叙述者，而是有两个。（如果把那个无所不知、让人看不见但是总提前出现在人物兼叙述者前面的人也算作叙述者，是否可以说有三个叙述者了呢？）第一个叙述者，也是

---

① 亨利·詹姆斯（Henry James，1843—1916），美国小说家。

主要的叙述者，没有名字，他告诉我们曾经听到他的朋友道格拉斯朗诵女管家写的故事、即女管家本人给我们讲述的鬼故事。那第一个叙述者显然是处于"现实层面"，为的是转述这个幻想故事，这个故事既让他同时也让我们这些读者感到困惑和惊讶。好，现在谈谈另一个叙述者，那个二级女叙述者、派生出来的叙述者，那个女管家，她"看到"了鬼怪，当然这并不在同一层面，而是一个想象的层面，在这个层面里——与我们通过自身体验了解的世界不同，死人重新回到生前居住的地方来"赎罪"，为的是折磨新住户。到此为止，我们大约可以说，这个故事的现实层面视角就是叙述想象故事的视角，这个视角是由两个叙述者组成的：一个位于现实或者客观层面，另外一个——女管家——确切地说是从想象视角叙述的。但是，当我们更仔细地用放大镜查看这个故事时，我们发觉这个现实层面视角中有个新的麻烦。因为有可能女管家并没有看到那些滑稽至极的鬼怪，她仅仅是以为看到了而已，或者干脆是她编造的。这种解释——有些评论家的看法——如果属实（也就是说我们读者选择了这种解释），那就把《螺丝在拧紧》变成了一个现实故事，只不过是从纯粹主观层面——歇斯底里或者神经官能症的层面——进行叙述罢了，即一个精神受压抑、显然天生爱看现实世界里不存在的东西的老处女的叙述。主张如此阅读《螺丝在拧紧》的评论家，把这个故事看成一部现实主义作品，因为现实世界也可以包含主观层面，那里也会出现幻觉、幻象和想象。给这个故事披上想象的外衣的东西，不是故事内容，而是讲述故事的巧妙技术；它的现实层面视角就可能是一个心理变态者纯粹主观的视角，她"看到"了并不存在的东西，把恐惧和想象当成客观现实。

好了，这就是现实层面在特殊情况下可能发生变化的两个例子，只要这种情况下现实内容和想象内容之间发生了联系，即我们所说的幻想文学流派中以针锋相对为特征的类型（重申一下，在这一流派中可以搜集到类型不同的资料）。假如我们着手看一看当代幻想文学中最杰出的作家是如何运用这一视角的——这里可以马上点出这样一些人名：博尔赫斯、科塔萨尔、卡尔维诺、鲁尔福①、皮埃尔·德·芒迪亚格②、卡夫卡、加西亚·马尔克斯、阿莱霍·卡彭铁尔，我们会发现，这个视角——即现实和非现实或者现实和想象这两个不同世界之间的关系，如果像叙述者和叙述内容所具体表现的那样——会产生无穷无尽的差异和变化，甚至可以不夸张地说，幻想文学作家的独创性尤其在于虚构过程中现实层面视角出现的方式。

好了，到此为止我们已经看到——现实和非现实、现实主义和幻想——的对立（或者一致）是两个性质不同的世界之间的本质对立。但是，现实性、或者现实主义的虚构也由

---

① 鲁尔福（Juan Rulfo，1918—1986），墨西哥小说家。
② 皮埃尔·德·芒迪亚格（Pierre de Mandiargues，1909—1991），法国作家。

各自不同的层面组成，虽然这些层面都存在并且读者通过亲身体验就可以识别，因此现实主义作家也是可以利用许多可能的选择，只要在虚构的作品中与这个现实层面视角有关系。

或许，只要不离开这个现实主义的世界，最突出的区别就是一个客观世界——独立存在的事物、事件、人物——和一个主观世界——人的内心世界，即情绪、感觉、想象、梦幻、心理动因的世界——之间的区别。如果您不打算离开这个现实主义的世界，那您的记忆会立刻从您喜爱的作家中提供一批作家让您可以安排在客观型作家群中——专断的分类，同样也可以把一批作家安排在主观型作家群中，其根据就是这些作家的小说世界主要或者唯一地被安置在现实两面中的某一面上。您一定会把海明威安排在客观型作家群中，而把福克纳安排在主观型作家群中，这难道还不是非常明白的事吗？显然，弗吉尼亚·伍尔夫应该安排在主观型作家群中，而格雷厄姆·格林应该在客观型作家群中，对吗？如果不对，您别生气，但我们都同意这样的看法：这个主观、客观的分法实在是泛泛之谈，因为加入到两类中任何一类的作家之间又有许多区别。（我发现，我们会一致同意这样的看法——在文学领域里，重要的是具体情况具体处理，因为泛论不足以说出我们对一部具体小说特性所了解的全部情况。）

那么，我们就看看具体的情况吧。您读过罗伯-格里耶的《嫉妒》吗？我不认为它是一部杰作，但是是一部非常有趣的小说，可能还是这位作家的最佳小说，也是六十年代震动法国文坛的新小说派——昙花一现——中的优秀作品之一，而罗伯-格里耶就是这一流派的旗手和理论家。在一篇论文（《未来小说的道路》）中，罗伯-格里耶解释说他们要对一切心理小说，甚至主观、内心世界小说进行净化，要集中精力在物化世界的外表和物理性质上，物化世界不可征服的现实性在于"坚固、顽强、现时、难以攻破的事物表面"。于是，罗伯-格里耶就根据这一理论写了一些令人极其厌烦的作品，请原谅我不够礼貌。当然，他也创作了确实不可否认的有趣作品，其价值在于我们所说的娴熟的技巧。比如《嫉妒》。"嫉妒"这个词可是非常不客观啊——多么自相矛盾！——在法语里，这个词的意思是"吃醋"，同时又是"嫉妒"，是个语义双关词，它在西班牙语里已经消失。我敢说，这部小说就是描写一种冷冰冰的客观目光，发出这种目光的人是匿名的和不露面的，根据推测应该是一个爱吃醋的丈夫，他在时时刻刻监视着让他嫉妒的妻子。这部小说的独创性（可以开玩笑地说是情节）并不在于它的情节，因为没有发生任何事情，或者更确切地说没有任何可以值得记忆的事情，除去那个不知疲倦、充满不信任、永远没有睡意、总是纠缠着妻子的目光。整个独创性就在那个现实层面的视角上。这是个现实主义的故事（因为里面没有什么内容是我们通过自身体验辨别不出来的），叙述者游离于被叙述的世界之外，但又与那个观察者距离很近，以至于有时我们很容易把观察者的声音与叙述者的声音混淆起来。这要归咎于小说中现实层面视角遵守的严密的连贯性，这个视角是感官的，是一双充血的眼睛的视角，这双眼睛观察、注视着她的一举一动，不放过她周围的任何动静，因此这双眼睛只能捕捉到（并且传播给我们）对世界的一种外部、物理、视觉的感受，这是个纯粹表面的世界——一种塑料般的现实，没有任何心灵、激情或者精神的背景。不错，这涉及一个相当独特的现实层面视角。在组成现实的所有层面中，它独处于一个层面——视觉层面——来给我们讲故事，而正因为如此，这个故事才好像仅仅发生在这个完全客观的层面上。

　　毫无疑问，罗伯-格里耶安排自己小说（尤其是《嫉妒》）的这个现实层面与弗吉尼亚·伍尔夫经常安排的小说现实层面是完全不同的，而伍尔夫是现代小说伟大革新者之一。通过她写的一部幻想小说——《奥兰多》——我们看到一个男子如何困难地被改造成女人；可是她的其他小说可以称为现实主义小说，因为这些作品中并没有这类奇迹。如果说这些作品有所谓"奇迹"的话，那就是"现实"出现在小说中所持有的谨慎态度和使用的精美结构。这当然要归功于她的写作特点，归功于她那薄如蝉翼般精细而敏锐、同时又具有强大联想和回忆力量的风格。比如，《达洛维夫人》，她最有特色的小说之一，是在哪个现实层面进行的？是在人类行为的层面上，如海明威的那些故事？不是。它是在一个内部主观的层面、一个体验留在精神中的感觉和激情的层面上，即那种不可触摸、但可证实的现实，它记录下我们周围发生的一切、我们的所见所为、欢乐与悲伤、激动与愤怒以及对这一现实的评论。这个现实层面的视角是这位著名的女作家又一个创作特点：透过字里行间巧妙的描写虚构天地的视角，成功地把整个现实精神化、非物质化，并注入一种灵魂。她恰恰是与罗伯-格里耶截然相对的，后者发展了一种旨在物化现实、把现实所包含的一切——甚至感觉和激情——都当作具体物品来加以描写的叙述技巧。

　　我希望通过上述不多的例证，您能够在这个有关现实层面视角的问题上得出我在很久以前得出的同样结论：小说家的独创性在很多时候就表现在这个现实层面视角上。也就是说，要找到（或者至少凸现）生活的、人类经验的、生存的一个方面或者作用，而它此前在虚构中被遗忘、被歧视、被取消了；现在它在小说中作为占据主导地位的视角出现，为我们提供了对生活观察的前所未有的崭新视野。比如，普鲁斯特或者乔伊斯的情况不就是如此吗？对于普鲁斯特来说，重要的不在于现实世界发生的事情，而在于记忆力留住和复制生活经验的方式，在于对活动在人们心中的往事的选择和追忆。因为人们不可能再要求一个比《追忆似水年华》中人物演变和故事发展的现实还要主观的现实。至于乔伊斯，《尤利西斯》难道不是一个灾难性的革新吗？书中的现实是按照意识自身的流动被"复制"出来的，这个意识在关注、歧视、激动和聪明地反对、评估、珍藏或者剔除生活的内容。有些作家由于赋予从前鲜为人知或不曾提及的现实层面以特殊的权力，从而扩大了我们对人性的观察范围。这不仅在数量上是如此，在质量上也是如此。幸亏有了像弗吉尼亚·伍尔夫、乔伊斯、卡夫卡和普鲁斯特这样的小说家，我们才可以说，我们的智力和敏感力得到了充实，因此可以在现实这团巨大的乱麻中识别出从前无知或者没有足够了解、或者感觉迟钝的层面——记忆的过程、荒谬的念头、意识的流动、激情和感觉的敏锐表现。

上述所有这些例子表明了在现实主义作家中可以区别出种种不同的类型来。而在幻想类作家中的情况当然也是如此。尽管这封信又可能因为说得太多而不够谨慎，我还是希望能够谈一谈阿莱霍·卡彭铁尔的《人间王国》中占据主导地位的现实层面。

如果我们有意把这部作品放在根据现实还是幻想的特点来划分小说的两个文学天地中的某一个的话，毫无疑问，它应该在幻想文学的天地，因为在讲述的故事里——与著名城堡的建造者、海地人亨利·克里斯托夫的故事混淆在一起——发生了一些我们通过自身体验所认识的世界上不可思议的奇怪事件。尽管如此，任何一位阅读过这部杰作的人都对它与幻想文学的简单相似感到不满意。首先，这部作品的幻想中并没有一张明白无误的面孔，比如像埃德加·爱伦·坡、《化身博士》的作者罗伯特·路易斯·斯蒂文森、博尔赫斯的作品中那样与现实的决裂是公开进行的。在《人间王国》里，异常事件似乎不多，因为它与体验的接近、与历史的接近——事实上，这部作品是紧跟着海地历史上的人物和事件前进的——受到现实主义镇定自若态度的感染。这要归咎于什么？归咎于这部小说叙述内容经常所处的非现实层面是神话传说的层面，即根据客观上使之合法化的某种信仰、历史"现实"人物和事件的"非现实"转化。神话是对某些宗教和哲学信仰决定的现实的解释，因此在任何神话里，与想象和幻想因素同时存在的，总会有个客观历史的结构，神话的位置就在集体主观性中，这个主观性是存在的，它总是企图强加（往往成功）给现实，如同博尔赫斯的小说《特隆，乌克巴尔，奥尔比斯·特蒂乌斯》中智慧的阴谋家们把那个幻想的星球强加给现实世界一样。《人间王国》技巧上的功绩在于卡彭铁尔设计的现实层面视角。故事总是在那个神话传说的层面上——幻想文学的第一级台阶或者是现实主义的最后一级台阶——进行，它是由一位无人称的叙述者讲述的，这个叙述者没有完全定位在这个层面上，但与这个层面距离很近，经常发生摩擦，因此他与讲述的内容保持的距离小到足以让我们觉得几乎从内部去体验构成作品故事的神话和传说，但这个距离也足以让我们明白：那不是历史客观现实，而是被一个民族的轻信给非现实化的现实，这个民族还没有放弃巫术、幻术、非理性的活动，虽然从外部看似乎是赞成前殖民者的理性主义，实际上是刚刚从殖民主义手中解放出来。

我们还可以无休止地继续极力识别虚构世界独特和不寻

常的现实层面视角，但我想有上述例证就足以证明叙述内容和叙述者所处的现实层面，以及与这个视角允许我们说话和说话方式之间的关系有可能是各种各样的，假如我们热衷于现实还是幻想、神话还是宗教、心理还是诗学、重情节还是重分析、哲学还是历史、超现实主义还是试验体等等，将小说加以分类、编目的话。我可是没有这种癖好，希望您也不要有。（确立名目是一种不可救药的毛病。）

重要的不是我们分析的小说在没完没了的分类表格中处于哪个位置，而是要知道任何小说中都有一个空间视角、一个时间视角、一个现实层面视角；还要知道这三个视角之间，尽管许多时候并不明显，本质是独立自主的，互相区别的；还要知道由于三者之间的和谐与配合会产生内部连贯性，即作品的说服力。这一借助其"真理""真实"和"真诚"来说服我们的能力，从来不是产生于我们读者所处的现实世界的相似性或者一致性中的。它仅仅来源于其自身的存在，由语言、空间、时间、现实层面构成和组织的存在。如果一部小说的语言和秩序是有效的，适合作品试图让读者信服的故事的，也就是说，在作品中有主题、风格和各种视角之间的完美配合与协调，因此使得读者一经开卷就会被故事内容所迷惑和吸引，以致完全忘记了讲述故事的方式，并且有这样的感觉：这部小说没有技巧、没有形式，是生活本身通过一些人物、场景、事件表现出来，而让读者感到恰恰这些人物、场景、事件就是形象化的现实和阅读过的生活。这就是小说技巧的伟大胜利：努力做到不显山露水，架构故事极其有效果，使得故事有声有色、有戏剧冲突、精美而有魅力，以至于任何读者都丝毫没有察觉出技巧的存在，因为读者已经被高超的技巧所征服，他不感到是在阅读，而是生活在一个虚构的世界里，至少在一个短暂的时间里，对这个读者来说，是成功地取代了生活的虚构世界。

　　拥抱您。

八　变化与质的飞跃

亲爱的朋友：

　　看过这封信后，我认为您是有道理的，因为我在同您谈及任何小说都有的三个视角时，我多次使用了"变化"的说法，为的是解释作品发生的一些过渡，而没有停下来详细说明小说中经常使用的这一手段。现在我来说明一下，描写一下这个手段，即写匠们在组织故事的时候使用的古老方式之一。

　　一种"变化"就是上述任何一个视角经历的整个改变。根据在空间、时间和现实层面三个领域发生的变化，可能产生相应的空间、时间和现实层面的变动。在小说中、特别是二十世纪的小说中，经常会有几个叙述者；有时会有几个人物同时兼任叙述者，像福克纳的《我弥留之际》；有时会有一个无所不知、游离于叙述内容之外的叙述者；有时会有一个或者几个人物同时兼任叙述者，比如乔伊斯的《尤利西斯》。于是，每当由于叙述者因改变地点而改变故事的空间视角时（我们从语法人称的"他"换成"我"、从"我"换成"他"或从其他变化中也可以察觉），也就会发生空间视角的变化。有些小说，这样的变化很多，有些不多，至于有用还是有害，只能看结果如何，看这样的变化对作品的说服力所产生的后果，看是加强了说服力呢还是有所破坏。当空间变化有积极效果时，可以让故事产生一个变化多端、甚至球形和全方位的视角（可以决定独立于现实世界的理想、即前面我们看到的任何虚构世界的秘密渴望）。假如这些空间变化无效，结果可能产生混乱：面对这些叙述视角突然而随心所欲的跳跃，读者会感到迷惑。

时间变化、即叙述者在故事发生的时间里的移动，可能比空间变化要少一些；故事发生的时间通过移动同时在过去、现在和将来展现在我们眼前；如果这一技巧使用得当，可以让故事产生一种全面按照计时顺序的幻觉、一种时间上可以自给自足的幻觉。有些对时间问题着魔的作家——前面我们看到过这样的例子——这不仅表现在小说的主题上，还表现在不寻常的时间体系结构上，有些结构是非常复杂的。这样的例子有成千上万。其中之一是一部英国小说：D. M. 托马斯①的《白色旅馆》。这部小说讲述了在乌克兰发生的对

---

① D. M. 托马斯（D. M. Thomas，1935— ），英国小说家。

犹太人的可怕屠杀，它以女主人公、歌唱家丽莎·厄尔德曼对维也纳一位心理分析医生——西格蒙德·弗洛伊德——的倾诉为细细的主线。小说从时间视角上分为三部分，分别属于那场集体大屠杀、即作品的火山口的过去、现在和将来。于是，在作品中时间视角经历了三个变化：从过去到现在（大屠杀），再到故事中心事件的未来。而这最后的变向未来，不仅是时间变化，也是现实层面的变化。直到此前为止，一向在"现实"、历史、客观层面发展的故事，从大屠杀开始到最后一章《营地》，换到一个纯粹想象的层面、一个难以捕捉的精神层面上了，在这个层面里居住着一些摆脱了肉欲的人、一些大屠杀牺牲者的鬼魂、幽灵。在这种情况下，时间变化也是从本质上改变叙事的质的飞跃。由于有这个变化，叙事的方向从现实世界射向了纯粹想象的天地。类似的情况就发生在赫尔曼·黑塞的《荒原狼》中，当历史伟大创造者的不朽灵魂出现在那个人物兼叙述者的面前时。

现实层面的变化是为作家们提供更多可能性的变化，以便让他们可以用复杂和独特的方式组织自己的叙事素材。尽管如此，我并不贬低空间和时间的变化，其可能性显而易见更为有限；我只想强调一下：鉴于现实是由无数层面组成的，变化的可能性也就更多，任何一个时代的作家都会从这个变化不定的手段中获得好处。

但是，在我们进入这个各种变化的广阔天地之前，或许应该做一个区分。一方面，各种变化根据变化发生的种种视角——空间、时间和现实层面——而有所区别；另一方面，又根据形容词或者名词的性质（本质或者非本质）而有所不同。一个单纯的时间或者空间变化是重要的，但不会更新故事的本质，无论这个故事是现实的还是幻想的。反之，另外一种变化，例如《白色旅馆》这部我刚刚说过的关于大屠杀的小说，就改变了故事的性质，把故事从一个客观（"现实"）世界移动到另外一个纯粹想象的天地中去了。这些挑起本体学动乱的变化——因为改变了叙事秩序的本质——我们可以称之为质的飞跃，因为它给我们提供了黑格尔辩证法的公式，数量的积累可以引起"质的飞跃"（如同水一样，沸腾时变成气体，结冰时变成固体）。在讲述故事时，如果在现实层面视角发生构成质的飞跃的某种激烈的变化，这样的叙述就会经受一番改造。

我们来看看当代文学丰富的武器库中一些显而易见的例证吧。比如，有两部长篇小说，一部写于巴西，另一部写于英国，二者间隔很多年，我指的是若昂·吉马朗埃斯·罗萨①的《广阔的腹地：条条小路》和弗吉尼亚·伍尔夫的《奥兰多》，主要人物性别的突然改变（两种情况都是男变女）引起整个叙述内容质的改变，把叙述内容从一个此前似乎是"现实主义"的层面推到另外一个想象、甚至幻想的层面。在这两个例子里，变化是个火山口，是叙述主体的中心

---

① 若昂·吉马朗埃斯·罗萨（Joãn Guimarães Rosa，1908—1967），巴西小说家。

事件，是集中了最多的人生体验的故事（它用一种似乎不具备的属性感染了整个环境）。卡夫卡的《变形记》则不是这样，书中的奇迹、即可怜的格里高尔·萨姆沙变成了一只可怕的甲虫，此事发生在故事的第一句话里，这从一开始就把故事定位在幻想的层面上。

这些就是突变的例子，突变是转眼就发生的事实，以其神奇和不寻常的特征撕碎了"现实"世界的坐标，增添了一个新尺度，一个不遵守理性和物理规律而是服从一种天生而不可捉摸的力量的奇妙和秘密的秩序；对这天生而不可捉摸的力量，只有通过神奇的调解、巫术或者魔术才能够认识（有些情况下甚至可以控制）。但是，在卡夫卡最有名的长篇小说《城堡》和《诉讼》里，变化是个缓慢、曲折、谨慎的程序，它是事物的某种状态在时间里的积累或者强化的结果之后而发生的，直到因此叙述世界摆脱了我们所说的客观现实——"现实主义"，伪装成模仿这一现实的样子，实际上是作为另外一种性质不同的现实表现出来。《城堡》中那个匿名的土地测量员、神秘的 K 先生，多次企图接近那个管辖整个地区的威严的城堡，那里面有最高当局，他是前来供职的。开头，他遇到的障碍都是微不足道的；看了相当长一段故事，读者的感觉是沉浸在一个详细的现实主义的世界里，似乎要把现实世界复制成具有更多日常和惯例的东西。但是，随着故事的向前发展，以及倒霉的 K 先生越来越没有自卫能力和容易受到伤害，听任一些障碍的摆布，我们逐渐明白这些障碍不是偶然出现的，也不是单纯的政府管理无能的派生物，而是一架控制人类行动、毁灭个性的阴险而秘密的机器的种种表现，伴随着对 K 的软弱和人性的苦苦挣扎的焦虑，在我们这些读者心头涌现出一种意识：现实进行的层面不是那个与读者相等的客观历史层面，而是另外一种性质的现实，一种象征、寓意——或者干脆就是幻想——的想象现实（当然这并不是说作品的这一现实由于其"幻想性"就不再给我们提供关于人性和我们自身现实的闪烁智慧光芒的教训了）。因为，这个变化是以一种比《奥兰多》和《广阔的腹地：条条小路》要缓慢和曲折得多的方式，发生在现实的两个方面或者层面之间。

同样的事情也发生在《诉讼》中，约瑟夫·K 先生被卷入一个由警察和法官系统设置的噩梦般纠缠不清的迷魂阵里，一开始，我们觉得这个系统是一种对司法部门过分官僚化导致的无效和荒唐的妄想狂型的错觉。但是，后来在某个特定的时刻，由于荒唐事件的逐渐积累和强化，我们慢慢发觉：在剥夺了主人公自由并且不断摧残他生命的行政部门的纠葛后面，真的存在着某种更为阴险和非人道的东西：一个或许是形而上性质的不祥体系；面对这个体系，公民的自由意志和反抗能力消失殆尽；这个体系把个人当作戏剧舞台摆弄木偶的演员加以使用和滥用：这个体系是一种不可能反抗的秩序，它威力无比，不显山露水，就安居在人性的骨髓中。《诉讼》中这个现实层面，象征性、形而上和幻想的层面，如同出现在《城堡》里一样，也是缓慢和渐进的，而不可能确定变形发生的准确时刻。您不认为《白鲸》里也有同样的事情吗？在世界的海洋里四处追捕这条没有踪影的白鲸，此事给这个神话般的动物戴上一道传奇的光环、阴险狡诈的光环，您不认为这部作品也经历了一次变化或者说质的飞跃吗？它把一部开头非常"现实主义"的小说改变成了一个想象型——象征、寓意、形而上——的或者纯粹幻想型的故事。

说到这里，您脑海里大概已经充满了大量自己喜爱的小说中可以回忆起来的变化和质的飞跃了吧。的确，这是一个任何时代的作家经常使用的手段，特别是在幻想型的虚构小说里。我们想想看作为那类阅读快感的象征，有没有哪个变化还生动地留在记忆中。我想起来一个！我敢打赌这是个典型：科马拉！一说到种种变化，来到脑海里的第一个名字不就是这个墨西哥村庄吗？这是个理由非常充足的联想，因为凡是阅读过胡安·鲁尔福的《佩德罗·巴拉莫》的人，只要深入到作品之中，对于这样的发现就会感到终生难忘：故事中的所有人物都是死人；虚构的科马拉不属于"现实"，至少不属于我们读者生活的这个现实，而是另外一个现实、文学的现实，在这里死人不是消失了，而是继续生活下去。这是当代拉丁美洲文学中最有效果的变化之一（激烈型的变化，质的飞跃型的变化）。这一手段使用之娴熟，已经达到如此的程度：如果你非要提出——故事的时间或者空间——

事情是什么时候发生的，那就会处于进退两难的境地。因为在发生变化的时间和地点里，没有一个明确的事件——事实和时间。变化是一点点发生的，是渐进式的，通过暗示、蛛丝马迹、几乎没有留意的模糊脚印。只是到了后来追溯往事时，那一系列线索和大量令人怀疑的事实以及不连贯片段的积累，才让我们意识到，科马拉不是一个活人的村庄而是鬼魂聚集的地方。

我们转到另外一些不像胡安·鲁尔福运用得如此阴森恐怖的变化上，或许要好一些。我现在想到的令人亲切、高兴、有趣的变化就是胡利奥·科塔萨尔的《致巴黎一位小姐的信》中的变化。当人物兼叙述者、写信人告诉我们，他有个令人不愉快的呕吐小兔子的习惯时，就发生了绝妙的现实层面的变化。于是这个有趣的故事就发生了惊人的质的飞跃，如果主人公被兔子的分泌物压垮，故事就会有个悲惨的结局，正如这封信最后几句话暗示的那样，故事结束时他自杀了。

这是科塔萨尔在他的长、短篇小说中经常使用的方法。他用这个手法从根本上打乱了自己虚构世界的性质，让虚构的世界从一种由可预见、平庸、常规事物组成的日常、普通的现实转向另外一种现实、幻想性质的现实，里面发生一些不寻常的事情，比如人嘴里吐出一只只小兔子；在这种幻想型的现实里，还有暴力捣乱。您肯定读过科塔萨尔的另外一部大作《女祭司》，书中通过数量的积累，以渐进的方式，叙述世界发生了一次心灵变化，即：一场看上去似乎是无害的音乐会，在皇冠剧场举行，一开始观众就对音乐家的成绩产生出过分的热情，最后终于演变成一场野蛮、冲动、令人难以理解、充满动物性的暴力事件，变成一场你死我活的搏斗和战争。在这场出乎人意料的灾难结束时，我们感到非常困惑，心里在想：这一切真的发生了吗？这是不是一场可怕的噩梦？这样荒唐的事是不是发生在"另外一个世界里"，是一个由想象、内心的恐怖和人类灵魂中阴暗的本能组成的大杂烩？

科塔萨尔是善于利用这一变化——渐进或者突变的，以及时间、空间和现实层面的——手段的优秀作家之一；他作品的独特面貌在很大程度上归功于这一手段的使用：在他的作品里，诗意和想象力密不可分地结合在一起，形成一个无可置疑的意义，对此，超现实主义者称之为日常中的神奇和流畅而简洁的散文，毫无矫揉造作之处，它表面上的朴实和口语化实际上掩盖着一个复杂的问题和一种巨大的创造勇气。

既然通过联想已经开始回忆脑海里尚存的文学变化的例子，那么，我就不能不再举出发生在塞利纳的《缓期死亡》中——小说中的火山口之一——的变化，对这位作家本人我没有半点好感，恰恰相反，对他的种族主义和反犹太主义我感到深恶痛绝；尽管如此，他写出了两部长篇大作（另外一部是《长夜行》）。在《缓期死亡》里，有一个令人难忘的情节是主人公乘坐一艘满载旅客的渡船穿越拉芒什海峡。海面上起了大浪，海水冲击着小船，全船的人——船员和乘客——都眩晕不已。当然，深入到这个让塞利纳着迷的肮脏和可怕的气氛之中以后，所有的人都呕吐起来。到此为止，我们仍然停留在一个自然主义的世界里，而双脚是牢牢扎根于客观现实之中的。但是，这个从字面含义上落到我们读者身上的呕吐，在五脏六腑吐出的污秽弄脏我们全身的同时，这个呕吐通过缓慢而有效的描写逐渐地疏远了现实主义，逐渐变成了某种荒唐可笑的东西、某种启示录式的东西，通过这个东西，到了特定的时候，就不仅是一小撮晕船的男女，而是整个人类似乎都在吐出五脏六腑的东西了。由于这个变化，故事改变了现实层面，达到一个幻觉和象征意义、甚至幻想的档次，整个环境都被这个不寻常的变化感染了。

本来我们可以无休止地展开这个有关种种变化的话题，但是，那就会画蛇添足，因为上面举的例子足以说明这一手段——及其变种——运作的方式和在小说中产生的效果了。或许更值得强调一下我在第一封信中就不厌其烦地说过的话：变化就其本身而言不会给任何东西先下结论或者做出指示，它在说服力问题上成功还是失败，无论什么情况，都取决于叙述者在具体的故事里运用的具体方式：同样的手段运作起来可以加强说服力，也可能破坏说服力。

结束这封信之前，我想告诉您一种有关幻想文学的理论，是比利时国籍的法国人、大评论家和散文家罗歇·凯卢瓦[1]

---

① 罗歇·凯卢瓦（Roger Caillois, 1913—1978），法国社会学家和作家。

发挥出来的（发表在《幻想文学选集》的序言中）。根据他的理论，真正的幻想文学不是深思熟虑的，不是决定写幻想性故事的作家头脑清醒的行为产物。在凯卢瓦看来，真正的幻想文学是这样的，其中非同寻常、奇迹般、神话一样、用理性无法解释的事情是自发地产生出来的，甚至连作者本人都没有察觉。也就是说，那些虚构的作品里的幻想成分是以自己的方式出现的。换句话说，不是作品讲述幻想故事，而是故事本身就是幻想的。毫无疑问，这是一个颇有争议的理论，但是有见地，有特色。结束这个关于种种变化的思考的好方式之一，或者解释这些变化的说法之一，可以说变化是自发生成的——如果凯卢瓦想象得不是太远，如果作者完全放任自流，这样的变化可能占据文本，把作品引向作者无法事先预见的路上去。

　　紧紧地拥抱您。

九　中国套盒

亲爱的朋友：

　　为了让故事具有说服力，小说家使用的另外一个手段，我们可以称之为"中国套盒"，或者"俄罗斯套娃"。这指的是什么呢？指的是依照这两种民间工艺品那样架构故事，大套盒里容纳形状相似但体积较小的一系列套盒，大玩偶里套着小玩偶，这个系列可以发展到无限小。但是，这种性质的结构：一个主要故事生发出另外一个或者几个派生出来的故事，为了这个方法得到运转，而不能是个机械的东西（虽然经常是机械性的）。当一个这样的结构在作品中把一个始终如一的意义——神秘，模糊，复杂——引入故事并且作为必要的部分出现，不是单纯的并置，而是共生或者具有迷人和互相影响效果的联合体的时候，这个手段就有了创造性的效果。比如，虽然可以说在《一千零一夜》里，那些有名的阿拉伯故事——自从被欧洲人发现、翻译成英语和法语以后就成为人们喜爱的读物了——的中国套盒式的结构，常常是机械性的，但显而易见的是在一部现代小说里，例如胡安·卡洛斯·奥内蒂①的《短暂的生命》，书中使用中国套盒就产生巨大的效果，因为故事惊人的细腻、优美和给读者提供的巧妙的惊喜，在很大程度上是来源于中国套盒的。

但是，我走得太快了。最好是从头开始，平心静气地描述这个技巧或者说叙事手段，然后再看看它的变种、使用方法、使用的可能性和风险。

我想，说明此事的最好例子就是上面引证的那部叙事文学中的经典之作，西班牙人是从布拉斯科·伊巴涅斯②的译本中读到这部作品的，而伊巴涅斯又是根据 J. C. 马特鲁斯③博士的法译本翻译而成的，这部名著就是：《一千零一夜》。请允许我提醒您作品中那些故事是怎样连接起来的。山鲁佐德为了避免被可怕的苏丹国王绞死——如同这位国王的其他妻子一样——她给国王讲故事，但是对这些故事做了处理，让每天晚上的故事在关键时刻中断，使得国王对下面发生的事情——悬念——产生好奇，从而一天又一天地延长

① 胡安·卡洛斯·奥内蒂（Juan Carlos Onetti, 1909—1994），乌拉圭小说家。
② 布拉斯科·伊巴涅斯（Blasco Ibáñez, 1867—1928），西班牙小说家。
③ J. C. 马特鲁斯（Joseph-Charles Mardrus, 1868—1949），埃及出生的法国翻译家。

生命。这样，她一直延长了一千零一夜，最后苏丹国王免了这位出色的讲故事人一死（他被故事征服了，甚至到了极端信奉的程度）。这个聪明的山鲁佐德是如何设计这些故事的呢？她的目的是连续不停地讲述这个维系她生命的故事里套着的故事。她依靠的是中国套盒术：通过变化叙述者（即时间、空间和现实层面的变换），在故事里面插入故事。于是，在那个山鲁佐德讲给苏丹王的瞎子僧侣的故事中，有四个商人，其中一个给另外三个讲述巴格达一个麻风病乞丐的故事，里面有一位既不傻不懒又爱冒险的渔夫，在亚历山大港的市场上，把海上惊心动魄的经历讲给顾客们听。如同在一组中国套盒或者俄罗斯套娃里那样，每个故事里又包括着另一个故事，后者从属于前者，一级、二级、三级，一级级地排下去。用这种方法，通过这些中国套盒，所有的故事连结在一个系统里，整个作品由于各部分的相加而得到充实，而每个局部——单独的故事——也由于它从属于别的故事（或者从别的故事派生出来）而得到充实（至少受到影响）。

通过回忆，您大概已经清理了一下自己喜欢的大量古典或者现代小说，其中会有故事套故事的作品，因为这种手法实在太古老、用得太普遍了；可是尽管用得如此之多，如果是由出色的叙述者来掌握，它总会具有独创性的。有时，毫无疑问，例如《一千零一夜》就是如此，中国套盒术用得非常机械，以至于一些故事从另外一些故事的产生过程中并没有子体对母体（我们就这么称呼故事套故事的关系吧）的有意义的映照。比如，在《堂吉诃德》里，产生这样有意义的映照是在桑丘讲述——堂吉诃德不断对桑丘的讲述方式插入评论和补充——牧羊女托拉尔娃的故事时（这是中国套盒术，母体和子体的故事之间互相作用、互相影响），可是在其他的中国套盒术中并没有发生这种关系，比如堂吉诃德睡觉的时候，神甫在阅读一本正在出售的长篇小说《何必追根究底》。在这种情况下，超出了中国套盒术的范围，可以说它是一幅拼贴画，因为（如同《一千零一夜》中的很多母-子、祖-孙的故事那样）这个故事有它自己的独立自治实体，不会对故事主体（堂吉诃德和桑丘的历险活动）产生情节或者心理上的影响。当然，类似的话也可以用于另外一部使用了中国套盒的伟大经典作品：《被俘的船长》。

实际上，对于《堂吉诃德》中出现的中国套盒术的多种变化，很可以写一篇大作，因为天才的塞万提斯使这个手段具有了惊人的功能，从他一开始编造的所谓熙德·哈梅特·贝内赫里的手稿（后来演化为《堂吉诃德》，从而留下扑朔迷离的感觉）就使用了这一手段。可以这样说：这是一种俗套，当然已经被骑士小说用得让人厌烦了，所有的骑士小说都一律伪装成是从某个奇异的地方发现的神秘手稿。但即使在小说中使用这些俗套，那也不是廉价的：作品有时会产生肯定性的结果，有时是否定性的。假如我们认真对待熙德·哈梅特·贝内赫里的手稿的说法，《堂吉诃德》的结构至少是个由派生出来的四个层面组成的中国套盒：

一、整体上我们不了解的熙德·哈梅特·贝内赫里的手稿可以是第一个大盒。紧接着从它派生出来的第一个子体故事就是：

二、来到我们面前的堂吉诃德和桑丘的故事，这是个子体故事，里面包括许多个孙体故事（即第三个套盒），尽管种类不同。

三、人物之间讲述的故事，比如上述桑丘讲的牧羊女托拉尔娃的故事。

四、作为拼贴画的组成部分而加入的故事，由书中人物读出来，是独立自治的，与包容它们的大故事没有根深蒂固的联系，比如《何必追根究底》和《被俘的船长》。

然而，实际上，由于熙德·哈梅特·贝内赫里在《堂吉诃德》的出现方式，是由无所不知和游离于叙述故事之外的叙述者引证出来的（虽然我们在谈空间视角时看到叙述者也被卷入故事里来了），那就有可能更加游离于故事之外并且提出：既然熙德·哈梅特·贝内赫里是被引证出来的，那么就不能说他的手稿是小说的第一级、即作品的启动现实——一切故事的母体。如果熙德·哈梅特·贝内赫里在手稿里用第一人称说话和发表意见（根据那个无所不知的叙述者从熙德·哈梅特·贝内赫里那里引证的话），那么显而易见，这是个人物兼叙述者的角色，因此他才浸没在一个只有用修辞术语才能说的自动生发出来的故事里（当然是指一个有结构的故事）。拥有这个视角的所有故事、叙述内容空间与叙述者空间在这些故事里是吻合一致的，那么这些故事除去文学现实之外还掌握一个包括所有这些故事的一级中国套盒：写这些故事的那只手，首先是设计出叙述故事的人来。如果我们能接近这第一只手（孤单的手，因为我们知道塞万提斯是个独臂人），我们就会同意《堂吉诃德》的中国套盒甚至是由四种混杂的现实组成的。

这四种现实的转化——从一个母体故事转换到另外一个子体故事——表现在一种变化上，这您大概已经察觉了。我刚才说"一种"变化，现在我马上推翻它，因为实际情况是，中国套盒术经常会同时产生几种不同的变化：空间、时间和现实层面的种种变化。现在我们来看看绝妙的中国套盒术在胡安·卡洛斯·奥内蒂的《短暂的生命》中的例证。

这部杰作，西班牙语小说中最巧妙和优美的作品之一，从写作技巧的角度说，完全是用中国套盒术构筑起来的，奥内蒂以大师级的手法运用这个中国套盒术创造出复杂、重叠的精美层面，从而打破了虚构和现实的界线（打破了生活和梦幻或者愿望的界线）。这部长篇小说是由一个人物兼叙述者的角色讲出来的，这个人名叫胡安·马利亚·布劳森，他住在布宜诺斯艾利斯，因为女友海尔特鲁斯要做乳房切除手术（乳腺癌）而痛苦不已，可是他窥视女邻居盖卡并且想入非非；他还得给人家写电影剧本。这一切构成故事的基本现实，或者说一级盒子。可是这个故事却偷偷摸摸地滑向拉布拉他河畔的一个小区圣达·马利亚，那里有个四十岁的医生，道德行为可疑，把吗啡出售给前来求医的患者。但是，不久我们就会发现：什么圣达·马利亚、迪亚斯·戈莱伊医生和那个神秘的有吗啡瘾的女人终究是布劳森的想象，是故事的二级现实，实际上戈莱伊医生是某种类似布劳森的知心朋友的东西，他那个有吗啡瘾的女病人只是女友海尔特鲁斯的一种折射。这部作品通过两个世界之间的变化（空间和现实层面的变化）或者中国套盒术，把读者如同钟摆一样从布宜诺斯艾利斯搬到圣达·马利亚，再从圣达·马利亚搬回布宜诺斯艾利斯，这个来来往往的过程经过行文的现实主义外衣和技巧的有效性加以掩饰，这个过程是现实和想象之间的旅行，如果愿意的话，也可以说是主、客观世界之间的旅行（布劳森的生活是客观世界；他通宵达旦虚构的故事是主观世界）。这个中国套盒在作品中并不是唯一的，还有另外一个与之并行。布劳森窥视女邻居、一个名叫盖卡的妓女，她在布宜诺斯艾利斯的单元房里接客。盖卡的故事发生在——似乎是开头——一个客观的层面，如同布劳森那样，虽然他的故事让读者看到时已经被叙述者的证词吞并了，这个布劳森一定对盖卡的所作所为有不少猜测（听得见她的动静，但看不见）。然而，在一个特定的时刻——小说的火山口之一和最有效果的变化之一——读者发现：盖卡的姘头、罪犯阿尔塞虽然最后杀害了盖卡，但实际上——恰恰如同那个戈莱伊医生一样——也是布劳森的知己、一个由布劳森创造出来的人物（不清楚是部分地还是整体地创造），也就是说，是个生活在不同现实层面的人物。这第二个中国套盒，与圣达·马利亚那个中国套盒是平行的，和平共处，虽然并不一样，因为与那个完全想象出来的中国套盒——圣达·马利亚及其人物仅仅存在于布劳森的想象之中——不同，第二个中国套盒仿佛骑在现实和虚构中间、客观体和主观性中间，因为在这种情况下，布劳森给一个真实人物（盖卡）和她的环境增添了一些编造的因素。奥内蒂娴熟的形式技巧——描写故事的文字和构筑艺术——使得作品出现在读者眼前时仿佛一个统一的整体，内部没有间断，尽管如上所说它是由不同的现实层面构成的。《短暂的生命》的中国套盒术可不是机械性的。通过中国套盒术我们发现：这部小说的真正主题不是自由撰稿人布劳森的故事，而是可以由人类经验共同分享的更加广阔的某种东西：对虚构的运用，对想象的运用，以便充实人们的生活和丰富心里虚构故事的方式，而在虚构中则把日常生活的点点滴滴的经验当工作素材使用。虚构不是经历的生活，而是用生活提供的素材加以想象的心理生活；如果没有这种想象的生活，真正的生活就可能比现在的状况更加污秽和贫乏。

再见。

十　隐藏的材料

亲爱的朋友：

　　欧内斯特·海明威说过，在他开始文学创作的时候，突然冒出一个想法：在一个他正在写作的故事中，取消主要事实——主人公自缢身亡。他说，结果发现了一种叙事方式，后来就经常运用到他的长、短篇小说中去了。的确，可以毫不夸张地说，海明威笔下最好的故事里都充满了意味深长的沉默、即精明的叙述者有意回避的材料，之所以这样处理是为着让无声的材料更加有声并且刺激读者的想象力，使得读者不得不用自己臆想的假设和推测来填补故事留下的空白。让我们把这种手法称为"隐藏的材料"吧；我们还要赶快说：虽然海明威个人花样翻新地（有时是精辟地）使用了这一方法，但绝对不是他发明的，因为这个技巧如同小说一样古老。

但是，说真的，现代作家中很少有人能像《老人与海》的作者那样大胆地使用这一技巧。那篇精美的短篇小说，可能是海明威的最佳作品，题目是《凶手》，您还记得吗？这个故事最重要的是一个巨大的问号：那两个手持剪短枪管的步枪闯入无名小村的亨利餐馆的在逃犯，为什么要杀害那个瑞典人奥莱·安德森？为什么这个神秘的奥莱·安德森当小伙子尼克·亚当斯警告他有两个凶手正在寻找他、要结果他的性命时，却不肯逃走或者报警，而甘心接受命运的安排？我们永远不得而知。假如我们想得到对这两个关键问题的答案，我们这些读者就得根据那个无所不知、又无人称的叙述者提供的点滴材料进行编造：瑞典人奥莱·安德森来这个地方定居之前，好像在芝加哥做过拳击手，他在那里干过一些决定了命运的事情（他说是错事）。

隐藏的材料或者说省略的叙述，不会是廉价的和随心所欲的。叙述者的沉默必须是意味深长的，必须对故事的明晰部分产生显而易见的影响，沉默的部分必须让人感觉得到并且刺激读者的好奇、希望和想象。海明威是运用这一叙事技巧的大师，这在《凶手》里是可以察觉的，它是叙事简洁的典范之作，其文本如同冰山之巅、一个可见的小小尖顶，通过它那闪烁不定的光辉让读者隐约看到那复杂的故事整体，而坐落其上的山顶是对读者的欺骗。用沉默代替叙述是通过影射和隐喻进行的，这种暗示的方法把回避不说的话变成希望，强迫读者用推测和假设积极参与对故事的加工工作，这是叙述者经常使用的方法之一，目的是让自己的生活经历出现在故事中，也就是说，给故事增加说服力。

您还记得海明威最优秀的长篇小说《太阳照常升起》（我认为是最好的）中那隐藏的巨大材料？对，就是那个小说的叙述者杰克·巴恩斯的阳痿。此事从来没有明确地叙述出来；它逐渐从一种有感染力的沉默中显露出来——我甚至敢说：读者被阅读的内容所刺激，慢慢把阳痿强加给杰克·巴恩斯了。这个有感染力的沉默意味着那种奇怪的身体距离，意味着与美丽的布莱特联系起来的纯洁的肉体关系；布莱特显然是杰克深爱着的女人；毫无疑问，布莱特也爱着杰克，或者可能会爱上他，假如不是由于某种障碍或者阻挠的缘故的话，而我们始终不能准确地了解阻挠究竟何在。杰克·巴恩斯的阳痿是个非常明白的沉默，随着读者越来越对杰克对待布莱特的异常和矛盾的表现而感到吃惊，甚至唯一解释这种表现的方式就是发现（还是发明？）他的阳痿，那么这一沉默就变得越来越引人注目了。这个隐藏的材料虽然沉默了，或许它的存在方式恰恰就是如此，它却始终用一种特别的光芒照耀着《太阳照常升起》的故事。

罗伯-格里耶的《嫉妒》是另外一部故事最根本的成分——恰恰是中心人物——流亡于叙述之外的长篇小说，但这个中心人物的缺席却处处映照在作品中，因此时时刻刻可以感到他的存在。如同罗伯-格里耶的几乎所有小说一样，《嫉妒》

里也没有一个完整的故事，至少不是传统方式理解的故事——一个有开头、高潮、结尾的情节——而是更确切地说，是一个我们不了解的故事的苗头和症状，对此，我们不得不重新架构一个故事，如同考古学家根据几百年前埋藏的少量石块重新恢复巴比伦宫殿一样，又如同动物学家用一块锁骨或者一块掌骨复原史前的恐龙和翼指龙一样。因此我们可以说，罗伯-格里耶的所有小说都是从一些隐藏的材料中构思出来的。但是，在《嫉妒》里，这一方法的功能特别良好，原因是为了讲述的内容有意义，就必须让那个被废除的人的缺席具有形状并且出现在读者的意识中。这个让人看不见的家伙是谁呢？是个爱吃醋的丈夫，正如书名用双重含义暗示的那样，这是个让怀疑的魔鬼迷了心窍的人，他仔细地监视着妻子的一举一动，而这个被监视的女人却丝毫没有察觉丈夫的行动。而这一点读者并不敢肯定，而是在描写特征的诱导下推测或者臆想出来的：作者描写的是一种鬼迷心窍的病态目光，是一种专注于仔细而疯狂地察看妻子一举一动、一颦一笑的目光。这个用数学般精确目光观察妻子的人是谁？为什么他要这样监视妻子？在叙事过程中都没有对这些隐藏的材料提供答案，读者自己不得不根据小说提供的蛛丝马迹加以澄清。我们将这些从头至尾隐藏不露的小说材料称之为"省略的材料"，以区别那些暂时不拿给读者看的部分，它们在叙事时间顺序中有变动，为的是制造希望和悬念，如同侦探小说那样，到结尾时才发现凶手。对那些暂时隐藏起来的材料——离开岗位的材料——我们可以称它们是"用倒置法隐藏起来的材料",您可能会记得,这是一种写诗的修辞手段,即按照悦耳或者押韵的原则把诗句中的词颠倒位置。(例如,不说"这是一年里的开花季节",而是说"开花的季节,在这一年里"。)

在一部现代小说里,把材料最出色地隐藏起来,可能发生在福克纳可怕的《圣殿》之中;故事的火山口,即充满青春活力却轻浮的谭波儿·德雷克被一个患有精神病的歹徒金鱼眼用玉米棒破了身,这个火山口被取代并且化作了千丝万缕的消息,这些破碎的消息使得读者在渐渐回首往事中意识到破身一事的可怕。从这个可恶的缄默过程里,生发出《圣殿》的气氛:一种野蛮、性压抑、恐惧、偏见和不开化的气氛;这样的气氛赋予了孟菲斯市的杰弗逊镇以及故事中的其他背景一种象征意义,一种凶恶世界的性质,按照《圣经》世界末日的专门含义,这是人类堕落和迷失的性质。面对这部小说中的种种暴行——强奸谭波儿仅仅是诸多暴行之一,此外还有绞刑、火刑、凶杀,以及形形色色道德败坏的行径——我们除去感到这是犯法之外,还觉得这是邪恶势力的一次胜利,是堕落的精神战胜了善良的人性,因为邪恶精神成功地主宰了大地。整个《圣殿》是用隐藏的材料组装起来的。除去谭波儿被强奸之外,如此重要的事件还有,比如汤米和李·戈德温被害,或者金鱼眼的阳痿,起初这些事情都是不说的,都被略去不提,只是在后来追述往事时才渐渐透露给读者；这样，读者通过那些用倒置法隐藏起来的材料，逐渐明白了事情的全貌，同时逐渐确定事情发生的真正时序。福克纳不仅在《圣殿》里，而且在他笔下所有的故事中，都是运用隐藏材料的完美大师。

我想最后再举个隐藏材料的例子，我们要一下子跳回五百年前，去看中世纪骑士小说杰作之一——朱亚诺·马托雷尔①的《骑士蒂朗》，它是我放在床头的小说之一。在《骑士蒂朗》里，隐藏的材料——用在倒置或者省略中——运用得非常娴熟，如同现代最优秀的小说家一样。我们来看看小说中的活火山口之一的叙事素材是怎样建构的吧：蒂朗和卡梅西娜、迪亚费布斯和埃斯特法尼娅举行了无声的婚礼（从第一六二章中间到一六三章中间所包括的事件）。卡梅西娜和埃斯特法尼娅把蒂朗和迪亚费布斯引进皇宫的一个房间。两对情人不知道普拉塞德米维达在锁孔处窥视，整夜地陷在爱情游戏之中；蒂朗和卡梅西娜玩得温和，迪亚费布斯和埃斯特法尼娅则十分激烈。黎明时分，情人们分手了；可是几个小时后，普拉塞德米维达告诉埃斯特法尼娅和卡梅西娜，她是无声的婚礼的目击者。

小说中，这个场景没有出现在"真实的"时间顺序里，而是以间断的方式、通过时间变换和用倒置方法在隐藏的材料里露面的；这样一来，这个情节就从生活经历中得到极大

① 朱亚诺·马托雷尔（Joanot Martorell, 1415—1468），西班牙骑士小说家。

的充实。故事讲述了卡梅西娜和埃斯特法尼娅把蒂朗和迪亚费布斯引进宫中的准备工作和决心；解释卡梅西娜如何一面装作睡觉，一面猜测要发生的"无声婚礼"。那个无所不知、无人称的叙述者在"真实"的时间顺序中不停地介绍蒂朗看到美丽的公主时的困惑以及他如何跪倒在地亲吻卡梅西娜的双手。在这里就发生了第一个时间变换或者说与计时顺序的决裂："二人交换了相爱原因。当他俩觉得应该分手的时候，便分别回到自己的房间。"接着，故事向将来时一跳，在这个空隙里，这个沉默的深渊中留下一个聪明的问题："这个夜晚，有人相爱，有人痛苦，谁能入睡呢？"然后，故事把读者领入第二天早晨。普拉塞德米维达起床后，走进卡梅西娜公主的房间，发现埃斯特法尼娅"一副懒洋洋的样子"。发生什么事情了？为什么埃斯特法尼娅是这么一副浪荡、懒散的模样？这个讨人喜欢的普拉塞德米维达的影射、提问、嘲笑和淫亵念头，实际上都是说给读者听的，并且要激起读者的好奇和猜疑。经过这么一个漫长和精明的引子，最后，漂亮的普拉塞德米维达透露：昨天晚上她做了一个梦，看到埃斯特法尼娅把蒂朗和迪亚费布斯领进了房间。到这里，情节中发生了第二个时间变换或者说叙述时间顺序的跳跃。情节跳回了前一天晚上，读者借助普拉塞德米维达编造的梦发现了无声婚礼过程中的事情。这时，那个隐藏的材料显露出来，从而恢复了这个情节的整个面貌。是完全的面貌吗？并不是完整的。除去这个时间变化，您还会看到也发生了空间变化、空间视角的变化，因为讲述无声婚礼上发生的事情的人，已经不是那个一开头离开故事之外、无人称的叙述者了，而是普拉塞德米维达、一个人物兼叙述者的角色，她并不打算提供客观见证，而是充满了主观情绪（她那些戏谑、放纵的评论使得这段故事颇有主观色彩，特别是摆脱了如果换成另外一种方式讲述埃斯特法尼娅被迪亚费布斯破身一事可能产生的暴力印象）。这个时间和空间的双重变化把一个中国套盒引进无声婚礼的故事中，也就是说，这个故事成为一个独立自治的叙事体（普拉塞德米维达叙事体），被包括在那个无所不知的叙述者总体中。（附带说一下，《骑士蒂朗》多次使用中国套盒或者俄罗斯套娃。在英国王室长达一年零一天的庆祝大婚盛会的日子里，蒂朗的英雄业绩不是由那个无所不知的叙述者披露给读者的，而是借助迪亚费布斯讲给瓦罗亚克伯爵的故事公布出来的；热那亚人占领罗得岛一事是通过两个法国王室的骑士讲给蒂朗和布列塔尼公爵之后透露出来的；商人戈贝迪的冒险故事是从蒂朗讲给逍遥寡妇的故事中变化出来的。）因此，通过对这么一部经典之作中的一个故事的分析，我们可以说，当代作家使用得令人眼花缭乱、仿佛新发明似的这些技巧、手法，实际上很早以前就是属于小说宝库里的东西了，因为古典小说家早已经运用得十分灵活了。现代小说家完成的事情在许多情况下是加工润色、推敲提炼，或者对早已经出现在小说文字中的种种表现进行一些新的改造。

在结束这封信之前，或许值得针对这个从中国套盒里派生出来的固有特点，做一次适用于所有小说的全面回顾。任何小说的文字部分只是所讲故事的局部或者片断：只有积累了小说的全部因素——思想、表情、目标、文化坐标、历史、哲学、意识形态等等全部故事设计和包括的素材——得到了充分的展开，它才会包罗起比文本中清楚说明的内容要广泛得无数倍的素材；也是任何小说家，即使是最肯大量使用笔墨、最不吝惜文字的作家，也不可能有条件在作品中铺叙的素材。

为了强调任何叙事过程都难以避免的片面性，小说家克洛德·西蒙①——他用这种方式嘲笑"现实主义"复制现实的企图——经常举一个例子：描写一盒茨冈牌香烟。他问：这种描写为了成为现实主义的应该包括哪些因素呢？应该包括体积、颜色、内容、注册商标，当然还有包装的材料。难道这就足够了？从包罗万象的意义说，是绝对不够的。为了不忘记任何重要的材料，还需要在描写制作香烟盒和香烟之后包括一份关于工业流程的详细介绍，为什么不写销售网络和从生产到消费的商业化过程呢？这样是不是就把有关茨冈牌香烟盒的全部都写出来了呢？当然还没有。香烟的消费不是一个孤立的事情，是习惯演变和时尚树立的结果，是与社会历史、神话、政治、生活方式等密切相连的；从另一方面说，它是一种习惯——恶习，广告和经济生活都对它有决定

① 克洛德·西蒙（Claude Simon，1913—2005），法国小说家。

性影响，它对吸烟者的健康则产生决定性的后果。沿着这条论证到荒唐程度的道路，就不难得出这样的结论：描写任何一个东西，哪怕是最微不足道的，如果延伸到广义，就会简单而纯粹地导致这种乌托邦式的幻想：描写宇宙。

毫无疑问，关于虚构小说也可以说出类似的事来。如果一个小说家在讲一个故事的时候，不规定一些界限（就是说，如果他不甘心隐藏某些材料的话），他讲述的故事就可能没头没尾，就会用某种方式与所有的故事联系起来，就会成为那种不可能实现的总体、想象中的无限宇宙：各种各样的虚构亲密无间地共处一体。

然而，如果人们同意这个假设：一部小说——确切地说是写出的虚构作品——仅仅是整个故事的一段，小说家注定不得不从整个故事中删除大量由于多余、可以放弃和包含在已经说明白的材料，无论如何也应该对那些因为显而易见或者无用而被排除在外的材料与我这封信中提到的隐藏的材料加以区别。我的这些隐藏的材料当然不是显而易见的或者无用的。恰恰相反，这些隐藏的材料有功能，在叙事情节中发挥一种作用，因此，如果取消或者替代这些材料，就会对故事产生影响，在故事或者视角中引起反射。

最后，我想给您再讲一下以前我在评论福克纳的《圣殿》时所做的比较。我们假设一部小说的完整故事（由选定和省略的材料构成的）是个多面体。这个故事一旦去除那些不必要的材料和为了达成某种效果而蓄意节略的部分，小说就会有其独特的形体。这个特殊的形体，这个雕刻，也就是艺术家的原创性表现。这部小说的形状是借助几种不同的工具雕刻而成的；但是，毫无疑问，最常用、最有价值的工具之一是这个隐藏的材料（如果目前您还没有漂亮的名字可以代替这一说法的话），它可以完成这个剔除不必要成分的任务，直到我们希望的漂亮而有说服力的形象显露出来为止。

拥抱您，再见。

十一　连通管

亲爱的朋友：

为了谈谈这最后一个手段——连通管（后面我会给您解释这是什么意思），我想我们一起重读一下《包法利夫人》中最值得回忆的章节之一，即第二部中的第八章《农业展览会》。在一个场景里，发生了两件（甚至三件）不同的事情，它们用交叉的方式叙述出来，互相感染，又在一定程度上互相修正。由于是这种结构方式，这些不同的事件因为是连结在一个连通管系统中，就互相交流经验，并且在它们中间建立起一种互相影响的关系；有了这种关系，这些事件就融合在一个统一体中；后者把这些事件变成区别于简单并列故事的某种东西。当这个统一体成为某种超越组成这个情节的各部分之和的时候，就有了连通管，和《农业展览会》里发生的事情一样。

这样，通过叙述者的联系，我们就看到了对农村集市或者展览会的描写：农民展示着农产品和牲畜，举行节日活动，市政当局发表讲话和颁发奖章；与此同时，在市政大楼上，在"议事厅"里——从那里可以遥望集市——爱玛·包法利在倾听她的情人罗多尔夫热情洋溢的情话。包法利夫人被这个高贵的情人所勾引一事，作为叙事情节完全是自给自足的，但由于此事是与政府参事利埃文的演说联系在一起的，这样就在爱玛与集市上的琐碎事情之间建立起一种默契。这个情节获得了另外一个意义、另外一个结构；对于在市政大楼——那对焦急的情人在上面互相倾诉衷肠——下面举行的集市也可以说有这样的意义和结构，因为通过这个插入的情节就会不那么荒唐可笑和令人痛苦，因为有那个敏感的过滤器、那个减弱讽刺的缓冲器在起作用。这里我们在衡量一个非常棘手的素材，它与简单的事实没有关系，而是与敏感的气氛有关，与源于故事的感染力和心理产生香气有关；就是在这个领域里，如果叙事素材组织系统使用连通管的方法得体，效果会更明显，例如《包法利夫人》中《农业展览会》那一章。

对农业展览会的全部描写属于不留情面的嘲讽性质，它把福楼拜所着迷的人类愚昧强调到冷酷的程度；这个情节以卡特琳·勒鲁老太太牛马般地劳动五十四年而获得奖励，并且由她宣布把全部奖金捐献给神甫为她的精神健康做弥撒而达到高潮。如果在这一描写中可怜的农场主似乎被打入粗野的常规中，剥夺掉他们的感情和想象，把他们变成一些令人讨厌的平庸又因循守旧的形象，那么主持展览会的当局代表就更糟糕，他们是些饶舌而满口荒唐的角色，在他们身上，虚伪、双重人格似乎是基本特征，如同利埃文演说中那些套话、空话所表明的一样。然而，这幅如此黑暗和残酷无情的图画，令人难以置信（就是说，情节没有说服力），只有在这样的时候方才出现：我们分析农业展览会时把它与爱玛的被勾引隔离开来，而在作品中展览和勾引是紧密相连的。实际上，这幅图画也曾经镶嵌在另外一个情节里，但是讽刺的激烈程度由于给硫酸般的嘲讽提供了借口而大大降低它存在的效果。那种充满爱情、细腻的感情因素，因为把勾引的场面引入其中，就建立了一种微妙的对位旋律，而借助这个旋律就产生了可信性。与此同时，漫画和戏谑式的讽刺，农村集市上的欢快因素，也以互相影响的方式具有一种缓和的效果，一种纠正过分情意缠绵的作用——特别是修辞上的无节制——那过分咬文嚼字的修辞装饰着爱玛被勾引的情节。假如没有农场主带着猪马牛羊参加市政大楼下面的集市，即这个强大的"现实主义"因素，那么楼上唾沫星子飞溅出的浪漫情话的陈词滥调可能会消解在非现实之中。幸亏有了这个把不同因素融合在一起的连通管体系，本来会破坏每个情节说服力的棱角都被一一挫平，叙事的统一体由于那个给整体赋予丰富和独创的坚实性而得到了极大的充实。

另外，在通过连通管构成的那个整体内部——把农村集市与勾引结合在一起，有可能建立起另外一种修辞方面的对位旋律：一方面是镇长在楼下的演说；一方面是爱玛听到情人的引诱情话。叙述者把这两种述说联系起来，其目的（后来完全实现了）是二者——分别阐明关于政治和爱情方面的大量见解——的互相交叉可以相应地缓和口气，以便给故事引进一个讽刺视角；如果缺乏这个角度，说服力就可能降到最低程度，甚至会消失。因此在《农业展览会》这一章里，我们可以说：在普遍使用连通管的体系中，另外还有个别封闭的连通管，部分地再现故事的整体结构。

到此为止，我们可以尝试着给连通管下定义了。发生在不同时间、空间和现实层面的两个或者更多的故事情节，按照叙述者的决定统一在一个叙事整体中，目的是让这样的交叉或者混合限制着不同情节的发展，给每个情节不断补充意义、气氛、象征性等等，从而会与分开叙述的方式大不相同。如果让这个连通管术运转起来，当然只有简单的并列是不够的。关键的问题是在叙事文本中被叙述者融合或者拉拢在一起的两个情节之间要有"交往"。有时，"交往"可以是低水平的，可是如果没有"交往"，那就谈不上连通管术，因为如上所述，这个叙述技巧建立的统一体使得如此构成的情节一定比简单的各部分之和丰富得多。

可能使用连通管术最为细致和大胆的例子是威廉·福克纳的《野棕榈》，这部小说在轮流交叉的章节里讲述了两个独立的故事：一个是为狂热的爱情而死的悲惨故事（通奸，结果很坏）；另一个是囚犯的故事，一场类似世界末日的自然灾害——把大片城镇夷为废墟的水灾——使得这个囚犯经过一番英勇拼搏返回监狱，而当局竟然不知所措，最后判处他再蹲几年监狱，其理由是企图越狱！这两个故事情节之间从来没有掺和起来，虽然在那对情人的故事里有某个时候影射过水灾和囚犯；但从二者之间可感觉到的接近程度上看，叙述者的语言和某种毫无节制的气氛——处于激情之中，洪水泛滥和鼓舞着囚犯为履行返回监狱的诺言而做出的英勇事迹的自杀性质的环境——并没有在这两个故事之间建立起亲戚关系。对此，博尔赫斯用他进行文学评论时必有的睿智和准确说："这是两个永远也不会混淆、但一定会以某种方式相互补充的故事。"

连通管术的有趣变种之一是胡利奥·科塔萨尔在《跳房子》里试验的那一种，正如您会记得的那样，作品的背景有两个地方，巴黎（在那边）和布宜诺斯艾利斯（在这边），二者之间有可能建立起某种写实主义的计时顺序（有关巴黎的情节都先于布宜诺斯艾利斯的情节发生）。然而，作者一开头就设置了一张导读表，为读者提供了两种不同的阅读方法：一种我们称之为传统法，即从第一章起，按照正常顺序连续读下去；另一种叫跳读法，即按照每章结尾处所指出的不同编号读下去。假如选择了第二种阅读法，那么就可以读完整个文本；假如选择了第一种，那么《跳房子》的三分之一会排除在外。这个被排除的三分之一——在其他地方（可以放弃阅读的各章）——不由科塔萨尔创作的情节组成，也不由他笔下的叙述者讲出来；而是别人的文章，引证的语录；或者即使是科塔萨尔的作品，也是独立自主的文本，与奥利维拉、玛伽、罗卡玛杜尔和那个"现实主义"（如果这个术语用在《跳房子》中不会产生不一致性的话）故事中的其他人物没有直接和情节上的联系。这是拼贴画的技巧，在连通管与涉及到拼贴画的故事情节本身的联系中，这样的技巧试图给《跳房子》的故事增加一个新天地——我们可以称之为神话和文学的天地，一个修辞的新层面。非常明显，这就是《跳房子》的用意所在：在拼贴画和"现实主义"的情节之间建立对位旋律。科塔萨尔早在已经发表的《中奖彩票》中就使用过这个连通管体系，书中出现了佩西奥的一些独白，与作为故事背景的轮船上的乘客的冒险行为混合在一起，他的独白涉及奇怪的账单，抽象性质、形而上学、有时是深奥的一些思考，其用意是给那个"现实主义"（同样在这种情况下，如同任何时候谈起科塔萨尔一样，一说起现实主义就会必不可免地产生用词不当的结果）的故事增添一个神话的天地。

　　尤其是在一些短篇小说中，科塔萨尔真正以大师般的娴熟技巧使用过这个连通管术。请允许我提醒您，他在《仰面朝上的夜晚》展示的那绝妙的精湛手艺。您还记得吗？那个在一座现代化的大城市——毫无疑问，是布宜诺斯艾利斯——

的街道上骑摩托发生车祸的人物，做了手术，躺在医院的病床上等待康复，一开始像是一个简单的噩梦，通过一次时间变化，他被转移到哥伦布来到新大陆之前的墨西哥，进入"火焰般的战争状态"，阿兹特克的武士们去捕猎活人用来祭祀众神。故事从这里向前发展，通过一个连通管体系，用交叉的方式，在主人公康复的医院病房与古老的阿兹特克夜晚之间交替前进；他在阿兹特克的夜里变成了一个摩特卡人，起初拼命逃跑，后来落入追捕他的阿兹特克人手中。这些人把他拉到太阳神金字塔前准备同其他许多人一道活祭众神。这组对位是通过巧妙的时间变化进行的，其中可以说是以优美动人的方式，这两种现实——当代医院和古老的热带丛林——互相接近，似乎也在互相感染。直到故事结尾处——活火山口——又一次变化，这不仅是时间变化，也有现实层面的变化——两种时间融合在一起；实际上，那个人物不是在现代化城市因为车祸接受手术治疗的骑摩托的男子，而是一个原始的摩特卡人，就在巫师准备掏出他的心脏以平息众神的愤怒时，他预见到一个有城市、摩托和医院的未来。

另一个类似的故事，虽然结构上更为复杂，科塔萨尔利用连通管术的方式却更有独创性，这个叙事文学上的精品就是：《基克拉泽斯群岛的偶像》。在这部作品里，故事同样在两种时间现实中进行，一个是当代和欧洲的——基克拉泽斯群岛中的一个希腊岛屿和巴黎郊外一处雕塑工作室，另外一个是五千年前的爱琴海古老文明，它由巫术、宗教、音乐、祭祀仪式组成，考古学家试图根据一些露出地面的碎片——器皿和雕像——恢复它们的面貌。但是，在这个作品里，过去的这一现实以非常谨慎、居心叵测的方式潜入现在的现实中，首先通过一座来自过去的小小雕像，这是考古学家摩兰德和他的朋友雕塑家索摩查在斯科罗斯山谷中发现的。两年后，小雕像摆在了索摩查的工作室里，他极力为自己分辩，不仅有艺术上的道理，而且还因为他有这样的想法：用这种方式他可以轮回到那个制造这种雕像的文化的遥远年代中去。摩兰德与索摩查相聚在雕塑工作室，这是作品的现在时，叙述者仿佛在暗示，索摩查已经精神失常了，摩兰德是理智的。但是，突然之间，在奇迹般的结尾处，摩兰德却杀死了索摩查，并且在死者的尸体上举行古老的魔术仪式；随后还准备用同样的方式牺牲自己的妻子泰雷兹，这时我们才发现，实际上小雕像已经让这一对朋友走火入魔，把他俩变成了制造雕像那个时代和文化的人，那个时代突然之间粗暴地闯进了现代生活，而人们还以为早已经永远把它给埋藏了呢。在这种情况下，连通管术不具有如同《仰面朝上的夜晚》那样的对称特征、那种有序的对位旋律。这里的连通管术是痉挛性的异物，是暂时的，是那遥远的过去镶嵌到现代化的生活里来了，直到在最后绝妙的活火山爆发，这时我们才看到索摩查裸露的尸体上有一把斧头插在死者的前额，小雕像上涂满了鲜血，摩兰德也是赤身裸体，一面听着笛子吹出的疯狂音乐，一面举着斧头等待着泰雷兹的到来；我们这时意识到，那个古老的过去完全征服了现在，同时确立了魔术和祭祀仪式在当代的君主地位。在这两部作品中，连通管术把两个不同的时间和文化联系在一个统一的叙事体中，造成一个新现实的出现，后者从质量上区别于两个现实的简单融合。

虽然您会觉得是在撒谎，可我认为有了这个对连通管术的描写，我们可以在为小说家提供组装虚构小说所需要的技术手段问题上画个问号了。可能还会有其他一些手段，但至少我目前还没有发现。现在摆在眼前的所有这些技巧（说实话，我也没有用放大镜四处寻找，因为我喜欢阅读小说，而不是解剖它们），给我的印象是它们可以加入到写作故事的方法中去了，而这就是我写这些信的目的。

拥抱您。

十二　权作信后附言

亲爱的朋友：

　　再稍微写上几行，以告别的方式，向您重申一下我们在通信过程中我多次说过的那些话；那些信是在您的鼓励下，我试图描写优秀小说家为给他们的作品赋予迷惑我们这些读者的魅力而使用的一些手段。这是因为技巧、形式、行文、文本，或者无论什么说法吧——卖弄学问的专家们已经给随便什么读者不费力气就可以识别的东西发明了一大堆名称——是一个牢不可破的整体；如果非要分出主题、风格、性质、视角等等，那就相当于在活人身上进行解剖。其结果无论多么好的情况下也必然是一种杀人方式。而一具尸体就是对处于活动并具有创造活力的人模糊的追忆，这个活人没有僵硬感，也不怕蛆虫的进攻。

我这番话是什么意思呢？当然不是说文学评论是无用的，也不是说可以弃之不顾的。绝对不是。恰恰相反，文学评论可以成为深入了解作家内心世界和创作方法的极为有用的向导；有时一篇评论文章本身就是一部创作，丝毫不比一部优秀小说或者长诗逊色。（无需多说，我可以举出这样一些例子：达玛索·阿隆索①的《贡戈拉研究论文集》、埃德蒙·威尔逊②的《到芬兰车站》、圣伯夫③的《皇家港口》和约翰·利文斯顿·洛斯④的《通往上都之路》。这是四类极不相同的评论，但都同样有价值，有启发，有创造性。）但是，与此同时，我觉得非常重要的是要说明：单就评论本身而言，即使在评论是非常严格和准确的情况下，也不能穷尽创作现象的研究，也不能把创作的全貌说个明白。无论什么成功的小说还是诗歌总会有某个因素或者领域是理性批评分析无法捕捉到的。因为文学批评是在运用理性和智慧；而在文学创作中，除去上述因素，往往还有以决定性的方式参加进来的直觉、敏感、猜测、甚至偶然性，它们总会躲开文学评论研究最严密的网眼。因此谁也不能教别人创作，顶多传授一些阅读和写作方法。剩下的就是我们自我学习，从跌跌撞

① 达玛索·阿隆索（Dámaso Alonso，1898—1990），西班牙语言学家、抒情诗人、文学批评家。
② 埃德蒙·威尔逊（Edmund Wilson，1895—1972），美国作家、批评家。
③ 圣伯夫（Charles Augustin Sainte-Beuve，1804—1849），法国文学批评家。
④ 约翰·利文斯顿·洛斯（John Livingston Lowes，1867—1945），哈佛大学美国文学教授。

撞中一再地学习。

　　亲爱的朋友，我试着告诉您的是，请忘掉我在信中提到的那些关于小说形式的内容；还请忘掉一下子就动手写长篇小说的念头。

　　谨祝好运。

一九九七年五月十日，利马